KFV

Margaret Kassajep

Erpelswing

Roman

Karin Fischer Verlag · Aachen

Besuchen Sie uns im Internet:
www.karin-fischer-verlag.de

Die Deutsche Bibliothek – CIP-Einheitsaufnahme

Ein Titeldatensatz für diese Publikation ist bei
der Deutschen Bibliothek erhältlich.

© 2002 Karin Fischer Verlag GmbH Aachen
Alle Rechte vorbehalten
Lektorat Dr. Fischer
Satz: Adobe PageMaker im Verlag
Gesamtgestaltung: yen-ka
Umschlagbild: Laila Kassajep-Ziegler
Printed in Germany
ISBN 3-89514-338-3

7   6   5   4   3   2   1

Erpelswing

1.

Vorstellung der Personen

An manchen Vormittagen musterte Alban sein Gesicht im Spiegel. War er dieses Arschloch mit den Kellerfalten und den Augen einer unglückseligen Eule? – Grimmig richtete er sich vor dem Glas aufrecht in die Höhe. Die nächste demütigende Phase wäre ja wohl, daß man in den öffentlichen Verkehrsmitteln vor ihm aufstand. Entsetzt öffnete Alban den Mund, als sähe er ein Ding von höchstens siebzehn, das den Platz für ihn räumte, ihr kunterbunt bedrucktes Kollegemäppchen an sich drückend. Das würde ein schlimmer Augenblick. Und er schnitt sich eine Grimasse, zog die Hosen hoch und trabte in die Küche, um sich Kaffee zu kochen. Traf er dort Fredi, der aus Wien hergezogen war, begrüßte er ihn mit »Hallo!«. – Es handelte sich um einen Jungen, der Germanistik studierte, einen stillen, höflichen Menschen, der hier noch keine Freunde gefunden hatte.

Sah man in seine schmalen, graugrünen Augen, las man etwas von Spannung und Erwartung, von Horchen auf Stimmen. Er hatte nichts vom Charme seiner Vaterstadt an sich, aber rote Haare – von seiner Mutter, wie er betonte.

Ein zweiter Student hauste in der großen Wohnung, die an den weitläufigen Park grenzte, der die Stadt in zwei Teile teilte. In seinem Paß war der Name »Walter Boll« vermerkt, aber alle riefen ihn »Wabo«. Er hatte es sich zur Aufgabe gemacht, täglich eine Flasche Scotch zu leeren und dazu zwei Schachteln starker, französischer Zigaretten zu qualmen. Überraschenderweise schaffte er es trotzdem, Semester um Semester zu bewältigen. Er war einer mit beginnender Glatze und Händen, die bereits zu zittern anfingen. Bei »Mutti Bräu«, einer schummerigen Wirtschaft zwei Häuser weiter, verbrachte er jeden Tag eine bestimmte Zeit, Glas um Glas leerend und dazu nach Kräften schmauchend. Mit den zitterigen Händen drückte er die Kippen im Aschbecher aus. Hielt er sich zu Hause auf, öffnete er von Zeit zu Zeit hustend das Fenster, guckte nach den Bäumen des Parks, verfolgte das Schnäbeln der Tauben auf den Simsen, ihr anmutiges Rucksen und Köpfchenneigen und sagte sich, daß er doch ein ausgesprochen angenehmes Leben führe, mit sämtlichen Vorteilen, die ihm sein Vater, den er Willi nannte, bot. Freigiebig hielt der Hand und Taschen offen für den Sohn, von dem er sich allerhand erhoffte. – Ein Traumbild, eine düstere Fata Morgana, stand Wabo öfters in der Nacht vor Augen. Ein zwölfspänniger Hundeschlitten jagt mit ihm über die Taiga. Von fern Wolfsgeheul. Hatte er mal darüber gelesen? Oder die Szene am Bildschirm gesehen?

Auf alle drei, Alban, Fred und Wabo, wartete ein Ereignis, das auch eintraf und sie aus der Bahn schmiß.

Übrigens zählten dazu auch Konradin, Friedemann und Sabina, von denen noch die Rede sein wird.

Fredi, der Germanist, führte ein Tagebuch, in dem stand: »Ich bin Orest und werde meine Mutter töten!«

Das Fenster seines Zimmers ging in den grünen Innenhof hinaus und auf ein bemerkenswertes Gegenüber. Da wohnte eine, die mußte Schauspielschülerin sein. Ein exaltiertes Mädchen, das bei geöffnetem Fenster vor dem Spiegel stand und Rollen deklamierte, mit Händefalten, Kopf zurückwerfen oder in die Knie gehen.

Einmal lieh sich Fredi einen Feldstecher aus und beguckte

das weibliche Wesen näher und sah, daß es ein goldiger Typ war. Aber er vergaß darüber nie, daß er als Orest den Auftrag hatte, seine Mutter, die ihm einen Stiefvater vor die Nase gesetzt, zu töten, wenn auch nicht morgen oder nächste Woche. Möglicherweise würde er, Orest, vorher schon Selbstmord begehen.

Nach einem Ausflug in die Berge schlug er sein Tagebuch auf und schrieb:

»Nach einer guten Stunde Fahrt saß ich im Sessellift. Die Sonne stach. Neben mir eine Dicke, die fortwährend nach hinten winkte und schrie. Ihr fleischiges Kinn klatschte in eine Bluse hinein. Ich sah weg. Auf dem Gipfel ließ ich den Blick schweifen. Ein scharfer Wind aus östlicher Richtung. Dieser Wind wäre allein schon ein Grund gewesen, vorwärts zu rennen und abzuheben. Ich zog die Kapuze über. Etwa zwanzig Meter ab stand das Haus mit mehreren Stockwerken. Das Dach von starkem Blech mit Stahltrossen und Haken im Fels verankert. Kleine Gruppen von Wanderern tappten auf den Steigen zum Gipfelkreuz. Alles durch Taue gesichert. Unter mir zog sich eine riesige, graue Scharte talwärts. Winzige rote, gelbe und blaue Pünktchen bewegten sich auf ihr, und alles gab keinen Sinn her. In allem erkannte man bestenfalls einen ameisenhaften Zweck.

›Es ist gut!‹ sagte ich zu mir selbst. ›Endlich ist bei mir der Groschen gefallen. Es hat getickt. Geklingelt!‹

Einen Augenblick lang horchte ich auf den Sturm, der in den Tauen und Trossen kreischte. Es schien mir ein weiteres Gleichnis für die Sinnlosigkeit alles dessen, was um mich herum war. Ich kletterte die steilen, in den Fels gehauenen Stufen zum Kreuz hinauf. Drei Schritte hinter diesem lehnten Menschen an einem straffen Seil und schauten mit gesammelten Mienen auf irgendeinen Vorgang, der sich unter ihnen abspielte. Die Wand fiel etwa fünfhundert Meter weit senkrecht hinunter. Entzückt maß ich sie. Die Sonne blendete mich. Einige Seen spiegelten herauf. Die Luft schmeckte gut, mit einem würzigen Geruch nach Ur-Dingen: Tannen, Kräutern, heißen Steinen. Wenn ich den einen, einzigen Satz tat, ging's mir gold!

Ich lehnte mich an das Kreuz in meinem Rücken. Irgendwann müßte ich drei Schritte zurück, einen Anlauf nehmen, wie ein guter Sprinter los! Ich war immer ein guter Sprinter gewesen. Mit einer super Startgeschwindigkeit.

Fast eine Stunde lehnte ich am Kreuz. Männlein und Weiblein, die an mir vorüberkletterten, glotzten mir ins Gesicht. ›Spinner!‹ dachten sie. Mit dem vorletzten Lift kehrte ich ins Tal zurück, ein Fremdling.

Trotzdem liebte ich wieder alles. Auch mich! Ich besah meine Hände, meine Füße in den Stiefeln, die Waden, über denen die reinwollenen grauen Strümpfe lagen. Alles unversehrt und intakt! Blut, Muskeln, Haut! Ich bewegte die Zehen in den Schuhen. Ich lag nicht als formlose Masse auf Stein und Geröll. Ich atmete ein, aus, konnte von einem Stück Brot, Käse, Kuchen, Fleisch abbeißen, kauen, schlucken, ›Guten Tag!‹ sagen. Sagen: ›Wie geht es Ihnen?‹ –

Heute begegnete ich der Schauspielschülerin an der Ecke. Sie schien mich wiederzuerkennen.

›Hallo!‹ säuselte sie, die Arme hebend, als wollte sie mich umarmen. ›Hey!‹ – Die Passanten sahen nur kurz auf uns. Umarmungen auf der Straße bedeuteten nichts mehr.

›Wie heißt denn du?‹ fragte sie.

›Orest!‹ erwiderte ich.

›Kenne ich!‹ nickte sie. ›Klytämnestra, Ägisth und so!‹

Sie war schön wie ein Strauß Buschrosen. Trotzdem wußte ich, daß ich mich irgendwann, wenn ich meinen Auftrag erfüllt hatte, aus dem Leben davonschleichen würde, das wie ein Sack auf mir lag. Ein Sack mit nix drin, obwohl er mich ekelhaft drückte. Wenn die Wale Selbstmord verüben konnten, konnte ich es auch. Klar! Auch war es mir egal, was ich als Leiche für einen Anblick denen bot, die mich fanden.

Fredi legte den Kugelschreiber weg. Er freute sich über das, was er geschrieben hatte, besann sich und setzte hinzu:»Was wäre ich ohne den Haß auf Morsak, die Sau, und Klytämnestra, die Schlampe!« – (Der Terminus»Schlampe«lag schwer im Trend.)

Alban lebte getrennt von seiner Frau Sabina. Absonderlicherweise trafen sie sich zwei-, dreimal im Jahr auf dem großen Friedhof am Grab des gemeinsamen Sohnes Konradin.

Sie begrüßten sich mit halblautem, lässigem Hallo, als hätten sie sich erst vor wenigen Tagen zum letztenmal gesehen.

Nie sprachen sie über die näheren Umstände des Todes Konradins, der auch ein Selbstmord hätte sein können. Standen sie gemeinsam am Grab, verharrten sie stumm eine angemessene Zeit, um sich mit einem Kopfnicken zu trennen. Jeder der beiden benutzte einen anderen Ausgang des riesigen Areals. Hielt sich nur einer von beiden am Grab auf, gestaltete sich die Szene anders. Alban stierte auf die eingemeißelten Daten im Stein, senkte den Kopf, versuchte, sich an die Stimme des Sohnes, die Art, wie er sich bewegt hatte, zu erinnern. Er sprach den Namen unhörbar vor sich hin, fragte etwas, wartete auf Antwort. Zeigte sich die Erde trocken, trug er Wasser vom nahen Brunnen herbei und goß Gras, Anpflanzungen und Sonstiges. Dann entfernte er sich. Sabina aber flüsterte allein vor Konradins letzter Stätte, seinen

Namen, dem Klang nachhorchend. Seltsamerweise schien ihr erst jetzt, und immer ausgeprägter, bewußt zu werden, was sie verloren. Ein Teil ihres Eigenen war weggebrochen. Ein Echo stumm geworden. Es gab keinen Ersatz für den Entschwundenen. Einige Male nickte sie, wie sich diesen Umstand bestätigend, vor sich hin. Zögernd stapfte sie durch das Gras zum Weg hin. Nahe beim Ausgang befand sich die Bushaltestelle. Ihre Wohnung lag in einer Einbahnstraße im Norden. Sie legte sich in Kleidern aufs Bett und starrte zur Decke hinauf. Sie lieferte an die Lokalredaktion der Zeitung in der Stadt Reportagen, Interviews, besuchte Vernissagen, Ausstellungen, Konferenzen, bat um Termine. Man sah sie in Altersheimen, im Rathaus, in Flüchtlingsunterkünften, Kirchen und Schulen. Sie rangierte, wie viele andere, auf der unteren Stufe der Zeitungshierarchie und wußte es. Eine Art Neugierde, der Wunsch, Erfahrungen zu sammeln bei Menschen und Dingen, tickte als Uhr in ihr. Sie beantwortete Fragen am Telefon, vereinbarte Treffs und fand sich zu Besprechungen stets pünktlich ein.

Es war ihr auch, als wäre die Trauer um den toten Sohn ein Teil ihres Selbsts geworden. Als gehörte sie zu ihr wie Hand und Fuß und bestimmte die Farbe des Lichts und die Töne, die auf sie eindrangen. Ein Gefühl, das sie beklemmte, überkam sie. Daß nämlich der Weg, den sie einzuschlagen im Begriff war, in ein Labyrinth führte. In ein Gestrick aus Traum und Vergessen, Wünschen und Ahnungen.

Sabina richtete den Blick starr vor sich auf die Eibe zu Häupten des Grabes. Sie horchte in das Schweigen hinein. Auf dem Weg knirschte ein Fuß im Sand. Der Brunnen plätscherte fein wie eine Stimme aus dem Gras.

Immer wieder tischte Alban die Story auf, die lang zurücklag. Auch sein Sohn Konradin kannte sie.

»Also, da war der Krieg aus und ich achtzehn. Irgendwo an der Elbe. Wir wurden auf den offenen Kübelwagen gejagt. Unsere Uniformen bestanden nur noch aus Fetzen. Keine Waffen mehr. Die Fahrt ging los. Anfang Mai. Links, rechts, alles kaputt! An Bäumen hingen Leute. Manche hatten ein Pappschild umgehängt. Wir konnten die Schrift darauf nicht entziffern.« Alban verzog das Gesicht zu einem verunglückten Grinsen.

»Also«, fuhr er fort, »da kamen wir an ein Gehölz; wir wurden mit Kolbenstößen wie Vieh vom Wagen auf einen Haufen getrieben. Ein MG in Stellung gebracht! Ein zweites! Da trat ich vor, ja, da trat ich vor, Mensch! Trat vor, sah in die Runde und sagte: ›Warum seid ihr so blaß, Kameraden?‹ Die Mündungen der MGs auf uns gerichtet. Das war die Zeit, Mensch!«

Alban nickte.

»Dann preschte der Jeep daher. Der Dreck spritzte nach den Seiten, Mensch! Drin saßen Russen mit den komischen Tellermützen. Komisch war'n die! Und andere hatten Käppis auf. Amerikanische! Die Russen blieben sitzen. Irgendwas paßte denen nicht. Die Amis sprangen raus. Wir waren gerettet, Mensch! Also noch Kinder. Siebzehn, achtzehn! Gerettet!«

Nach diesem letzten Satz pflegte Alban zu schweigen.

Der erste, der diese Geschichte zu hören bekam, war, wie gesagt, der Sohn Konradin, an dessen Grab er öfters stand.

Sonderbarerweise spürte er da eine absurde Genugtuung über die Tatsache, daß er die Story vom Waldrand, vor der Nase die russischen MGs, nicht mehr aufzutischen brauchte. Niemandem mehr! Nicht Konradin, nicht Sabina noch sonstwem.

Schweigend betrachtete er das Blumenarrangement vor sich, das von Sabina stammen mußte. Er kniff die Augen ein, als fixierte er etwas, was nicht vorhanden war. Dann schloß er sie, als übermannte ihn eine Müdigkeit.

Jedes Jahr im Frühsommer oder Spätherbst fuhr Alban entweder in den Süden, bis in den Jemen, oder in den Maghreb, nach Griechenland und in die Türkei. Von da brachte er große Mengen Filme mit, die er entwickeln ließ, um die besten von ihnen auf die Wände seiner Wohnung zu verteilen.

»Das war im Taurus hinter Kemer an der Südküste der Türkei«, erklärte er Besuchern. »Hoch oben über dem ganzen Scheiß. Sehen Sie das Fohlen hier neben der Mutter! Drei Tage alt. Und die kleine Dorfmoschee vor dem Himmel! Ja, da war Mai, und die kahlen Berge explodierten förmlich von Blumen in allen Farben. Oleander, Jasmin, Lavendel, Buschrosen. Der Oleander zog bis in tausend Meter Höhe hinauf. Hier, die verschleierte Frau; sie stand auf einer Kuppe zwischen Himmel und Erde. Schweigend, ohne Bewegung. Wie ein Stein. Wo lag ihr Haus, wo weideten ihre Ziegen, Schafe? Hatte sie einen Brunnen, Garten? Wir sahen nichts, was auf menschliches Tun und Treiben hinwies. Wir begegneten den ganzen langen Tag über keinem anderen Fahrzeug. Weder einem Eselkarren noch wackligem Peugeot oder Ford. Wir bewegten uns wie Götter auf einem Parnaß. Tief unten die Menschen, die Küste, die Plantagen, die Touristen, Händler, Bauern, Fischer und Kapitäne der Ausflugskutter, die nach Antalya, Side, Manavgat, Alanya unterwegs waren. – Und da«, Alban wies auf ein anderes großes Farbfoto, »Casamicciola! Die Katze, die da frißt, was ich ihr vorsetzte, lag am anderen Morgen tot auf einem Müllhaufen. Sie hatte noch zu mir aufgesehen, als ich mich zu ihr hinunterbeugte. Ihr letzter Blick galt mir! Und da, das Geburtshaus Kemal Paschas in Saloniki! Ein unscheinbares Haus. Und da, die Trümmer Karthagos. Eine ungeheure

Stille über dem Komplex, direkt am Meer, auch wenn die Busse von Tunis-City Touristenströme hergekarrt haben. Man horcht in die vergangenen Jahrtausende zurück. Leise klatschen die reifen Feigen auf die roten Zypressenrispen am Boden. Eine unhörbare Stimme berichtet von Schlachten, Tod, Feuer und nachfolgendem Schweigen.«

Alban hob den Kopf, als hörte er die Stille, von der er gesprochen hatte, in der linken Hirnhälfte noch immer.

Er bemerkte einen interessierten Blick zur Fotografie, die einen ziemlich struppigen, mittelgroßen Hund und ihn selbst, Alban, darstellte.

»Der Hund von Saklikent!« erläuterte er. »Da machten wir kurz Halt auf dem Weg zu einem Taurusgipfel. Er hatte anscheinend keinen Besitzer, war aber an menschliche Nähe gewöhnt. Natürlich warfen wir ihm von unserem Lunchpaket etwas zu, genau genommen fast alles, was es enthielt. Lunchpakete haben es an sich, total geschmacksarme Zutaten, ob in der Türkei oder auf Neuseeland, zu enthalten. Der Hund von Saklikent rückte näher und näher. Zuletzt hatten wir ihn beinahe auf dem Schoß. Er zeigte sich begeistert, sah uns, die Zunge heraushängend, tief in die Augen, den Schwanz hin und herrührend. Sein Glück war vollkommen. Er fiepte und jaulte, rieb sich an uns, auf jede erdenkliche Weise zu verstehen gebend, daß er uns für die großartigsten Wesen unter der Sonne hielt. Wir bestiegen schließlich unseren Jeep. Sein Blick erlosch. Ja, etwas in ihm starb einen lautlosen Tod. Giorgio ließ den Motor an, der Wagen, ein robustes, für Ausflüge auf Schotter und über Schlaglöcher konzipiertes Fahrzeug, setzte sich in Gang, bergauf der kleinen Moschee zu, an ihr vorbei direkt in das scharfe, blitzende Blau hinein. Der Hund trabte an, hielt sich neben uns, die Zunge heraushängen lassend. Starr behielt er uns im Auge. Giorgio beschleunigte. Der

15

Hund tat dasselbe. Wir fürchteten, daß er unter die Räder geraten könnte. Ich bat Giorgio, anzuhalten, stieg aus und redete auf unseren vierbeinigen Freund ein. Er sollte in Gottesnamen umkehren. Es wäre sinnlos, uns zu folgen, und möglicherweise bekäme er Prügel von irgendjemandem in der Region, in der man ihn nicht kannte. Aufmerksam horchte der Hund der Ansprache zu; ich kletterte in den Sitz zurück, Giorgio fuhr an, der Hund setzte sich wieder in Trab. So ging es einige Male. Schließlich gab Giorgio ziemlich Gas, unser Hund hetzte, die letzten Kräfte einsetzend, neben den harten, hohen, scharf profilierten Rädern her. Wieder brachten wir den Wagen zum Stehen. Ich legte meine Hand auf seinen Kopf. Was sollten wir tun? – Ich deutete den Weg zurück, den wir gekommen waren.

›Geh nach Haus, Freundchen, Amigo, Kardaschim! Es könnte sein, daß du den Weg nicht mehr findest. In Gottes und Allahs Namen, kehre um!‹

Giorgio fuhr an, der Hund winselte und reckte eine Pfote nach uns. Wir ratterten los, er legte sich flach auf die Erde und sah uns nach, bis wir um eine Felsnase waren.«

Alban machte eine Pause und fuhr fort:

»Ich mußte lange an diesen Hund denken. Ich denke immer noch an ihn! Ich träume manchmal von ihm!«

2.

Aus einem Tagebuch

»Manchmal«, schrieb Fredi in sein Tagebuch hinein, »manchmal hüpft mein Herz vor mir her wie ein Kind vor der Mutter herhüpft. Ich bin, sagte ich mir, einer, dem man etwas genommen hat. Dem man Schlechtes angetan hat. Ich bin einer, der immer allein sein würde. Auch im ausverkauften Zirkus bei einer Michael-Jackson-Show.

Nachts ein Uhr. Das Fenster steht offen. Die junge Schauspielschülerin schon zu Bett gegangen. Alles dunkel. Von der Ulme schwacher Wind. Ich denke an nichts Bestimmtes. Vom großen Boulevard das Sirenengeheul einer Funkstreife. Laut, lauter, leiser. Aus der Tiefe des Hofes riecht es nach Bier von ›Mutti Bräus‹ Hinterausgang her, dann nach Benzin. Dann trägt der Wind schwachen Blätterduft zu mir. – Dann flammt im Zimmer Trixis Licht auf. Hat sie die Sirene geweckt? Sie tritt mit nacktem Oberkörper ans Fenster, ein Kindengel. Ich verhalte mich still, aber sie muß meinen Schatten sich abzeichnen sehen. Im Dunkeln ziehe ich mich aus und lege mich hin, ohne Zähne geputzt oder geduscht zu haben. – Kommt mir Ägisth, mein Stiefvater, in den Sinn, knirsche ich zur Decke hinauf: ›Hund, Sau, Dreckskerl, Blut, Schwein, Scheiße!‹

Mit Achtzehn, entsinne ich mich, machte ich Gedichte. Feine, zarte Farbenspiele, und eine Amsel dazwischen, die mit Menschenzunge sprechen konnte. Dahinter der alpenveilchenrote Abendhimmel. Ich war Gott! –

Sehr früh raus. Ein idiotischer Wind fährt in die Gardine. Der Westwind, bei dem man eine Liberty, 5,6 Millimeter, an die Schläfe drücken möchte. Aber ich muß ja sie, Klytämnestra, zuerst zur Strecke bringen. Wie der Jäger den Reiher überm See, die Tigerin im Dschungel. – Klopfen an der Tür. Sie würde ›Herein!‹ rufen. Ich: Die Rechte heben, den Finger am Abzug durchdrücken. Einmal, zweimal, dreimal. Sie würde sich aufbäumen, zusammensacken. Aufgebahrt würde sie eine der schönsten Leichen des Jahres und Wiens sein. Ja, ihr Tod paßte gut zu Wien. Und der Dickwanst Ägisth am Rand der Grube, den Hut vorm Bauch, nach Gold, Brillanten und Schrott und Öl riechend. Und hinter seiner Stirn: Das Leben ist schöner als der schönste Sarg, wenn er auch ein teures Bett ist! Siebzigtausend Schilling! Und das Totenkissen von Samt, und das Totenkleid von Seide. Ein Jahr später aber, wer denkt da noch an dich, Klytämnestra? Ägisth liegt auf einer anderen, die deine Kleider und Ringe trägt. Niemand wird kommen als ein Pirol nachmittags um siebzehn Uhr. Und ich. Orest, in die weite Welt hinein. Vorbei an Autofriedhöfen, Kieswerken, Quetschwerken, Baumschulen, einer verlassenen Fabrik mit zerbrochenen Fensterscheiben, und dem Fußballplatz eines Vorortvereins.

Ich war fünf und nahe bei ihr, Klytämnestra. Auf dem grünen Seidendamastkissen. Alles fühlen mit einer Wonne, die mich ausfüllte wie der Honig den Topf. Das allersüßeste Geheimnis, das die Welt barg. ›Fredi!‹ würde sie flüstern. Mein Kopf auf, zwischen ihren Brüsten. Duft nach Puder und Haut und Chanel Nr. 5 und roten Haaren und Wäsche mit Lavendelduft. Ihre Arme umschließen mich vor der Welt. Doch nun hat Ägisth ihre rotseidene Seele zwischen seinen groben Pratzen zerquetscht!

Das Telefon ging. Ich nahm ab.

›Ich liebe dich!‹ säuselte es durch den Draht.

»Wer bist du?«

»Trixi!«

Ehe ich antworten konnte, wird der Hörer aufgelegt.

Ich bin einer, dessen Innerstes durch vier Autoreifen zermatscht wurde. – Eigentlich gehöre ich doch zu Wien, 6. Bezirk. Ich weiß es in meinem Blut und Hirn und Nerven und Adern. Natürlich würde ich nicht in den Donaukanal springen. Erstens kann ich schwimmen, zweitens hab' ich was gegen den Friedhof der Namenlosen beim Alberner Hafen!«

Fredi las, was er geschrieben hatte, und fand alles bestens. Zufrieden klappte er das Heft zu.

3

Die alte Geschichte

Ja, um den Tod Konradins waltete ein Geheimnis. Sabina behauptete, es sei in Wirklichkeit Selbstmord gewesen. Ein Suizid. Über den möglichen Grund grübelte sie wieder und wieder nach. Sie hatte die Gewohnheit angenommen, im Dunklen, zusammengekauert im Bett liegend, die Lieder zu summen, die Konradin gemocht hatte. »Spiel nicht mit den Schmuddelkindern« und »Armer Felix« und »Horsti Schmantoff – Armer Felix –« summte sie besonders oft. Sie horchte, das Kissen im Nacken zurechtdrückend, der Melodie und ihrer Bedeutung im Verein mit dem Text nach. Noch während er, Konradin, hastig die Semmel hinabschlang und nach der Mappe griff, kam es aus seinem Zimmer: »Du hast doch dem Lehrer die Tasche getragen –« Er stürmte aus der Tür, schwang sich unten auf sein ziemlich klappriges Rad und spurtete zur Schule los. Manchmal sah er eine Sekunde lang hoch, denn er wußte, daß sie, Sabina, die Mutter, am Fenster stand und auf sein Erscheinen wartete.

Die beiden letzten Jahre als Schüler verknüpften sich eng mit den Songs des Franz Josef Degenhardt. – Auch als sie aus der Mode kamen, um anderen Ohrwürmern Platz zu machen, blieb Sabina diesen traurigen Texten von denen, die im Leben zu kurz gekommen waren, treu. Sie entsprachen so sehr ihrem Wesen, das nach Trauern und Tristesse schrie wie der im Sandsturm Torkelnde nach Wasser. Ein Etwas in ihr war auf der Suche nach Kummer und verwehter Vergangenheit und Erinnerung.

Alban dachte oft über die Mysterien Trieb, Lust, Zeugung, Geburt nach. Er hatte im Sinn, einen Fotoband mit entsprechenden Bildern zu machen. Doch er wollte nicht, daß man das Werk als Pornografie abtun würde. – Das Entkleiden, die Dämmerung, die Laken, Kissen, letztes Licht vom Fensterviereck her sollten die Stimmung erzeugen, die ihm, Alban, dafür notwendig erschien. Aber nicht nur die Vereinigung zweier Körper schwebte ihm vor. Einschlagende Meteoriten, riesige Krater, die Geburt eines neuen Sterns, Eros im Kosmos, das alles wollte er deutlich machen. Er besaß eine gute japanische Kamera, die fast bei jeder Beleuchtung fabelhafte Bilder lieferte. Je mehr er sich mit der Idee beschäftigte, desto mehr faszinierte sie ihn. Und er hatte Angst, er könnte sterben, bevor er diesen wichtigen Beitrag zum grandiosen Thema geleistet hätte. (Es war sein Beruf, Bilder zu machen. Gute Bilder, die er einer Redaktion als freier Mitarbeiter lieferte.)

Wie alle berufsmäßigen Lichtbildner setzte er sich gern mit Späßen und taschenspielerhaften Tricks in Szene, die besonders Konradin begeistert hatten. So pflegte er etwa, die Kamera in Händen, scharf sein Objekt fixierend, sich umzudrehen, zu bücken die Beine gespreizt und durch diese hindurch zu knipsen. Oder er hielt den Apparat hoch über seinen Kopf und knipste nach rückwärts. Alle, und, wie gesagt, sein Sohn Konradin insbesondere, bewunderten den Tausendsassa dieser spielerischen Beherrschung der Arbeitsgeräte wegen. Ganz klar auch, daß er diese Bewunderung genoß.

Immer wieder stieg aus dem Grau der schrecklichen Zeit der Tag auf, von dem Alban dem Sohn viele Male berichtet hatte. Er folgte einem inneren Zwang bei der Schilderung; die Worte rollten rund und fertig zu Sätzen geformt von seinen Lippen. Er, Alban, achtzehn Jahre alt, stand inmitten anderer in den Fetzen einer Uniform auf einem offenen Kübelwagen. Geschrei, Kolben-stöße. Sie waren entwaffnet, mit grauen, verängstigten Gesichtern. Irgendwo brüllte man auf Russisch Befehle und Flüche. Oder beides vermischt. Der Wagen fuhr an, niemand konnte darauf umfallen. Wohin ging die Reise? Die Mienen der Russen zeigten sich verbissen, ihre Augen wie Messer, ihre Münder harte, schwarze Kohlestriche; sie hoben drohend die Läufe und schrien in der knöchernen, polternden Sprache irgendwas.

»Also, Konradin, da ruckte der Wagen an, niemand konnte umfallen, so eng gepreßt aneinander standen wir. Alles grau. Die Straße, der Wald, der Himmel, der Wind. Ein kalter Ostwind aus Rußland. Wir hatten seit zwei Tagen nichts gegessen. Wir stanken auf deutsch gesagt wie ein Schweinekoben. Ungewaschen, Angstschweiß auf der Haut, den der russische Wind wieder wegtrocknete. Es regnete, hörte wieder auf. Wir mochten zwei Stunden gefahren sein. Da, ich erinnere mich, brach die Sonne durch die Wolken. Der Wind hatte sie an die Ränder des Horizonts geblasen, und wir sahen, daß Frühling war. Ende April. An den Bäumen die Knospen am Platzen. Auf den Ästen saßen Vögel. In den glitzernden Ackerfurchen stolzierten riesige Raben und beguckten den Boden. Ihr schwerer, klobiger, schwarzer Schnabel hackte zu.

Vor einem kleinen Fichtengehölz kam der Wagen zum Stehen. Die russische Wachmannschaft trieb uns mit Kolbenstößen auf den Boden. Wir sanken im weichen, von geschmolzenem Schnee noch moorigen Grund ein. Jeder von uns ahnte, was man im Sinn hatte. Ein Maschinengewehr wurde in Stellung gebracht. Bei uns hatte sich, als die Sonne durchbrach und das junge Grün eine hellere Färbung annahm, die verrückte Hoffnung geregt, wir würden überleben. Auf irgendeine Weise wegrennen können.

»Gefangene werden nicht gemacht!« zischte einer neben mir. Sein Gesicht aschgrau. Sein Adamsapfel über dem offenen Kragen ging auf und nieder. Ein anderer faltete die Hände und fing zu singen an. Ein Kinderlied.

Wir wurden auf einen Haufen zusammengetrieben. Die Sonne schien auf unsere übernächtigten Gesichter, die noch kaum Stoppeln zeigten. Keiner über zwanzig.

Ich trat in die vorderste Reihe. Zu dem einen MG kam ein zweites. Beide richteten sich auf uns. Einige hatten noch das SS-Abzeichen an Arm und Kragen. Konnte leicht sein, daß sie gar nicht wußten, wie sie zu der Ehre gekommen waren. Vielleicht hatte man ihnen einfach die Uniform von Gefallenen verpaßt.« Alban machte eine Pause. Konradin, der Sohn, damals zwölf Jahre alt, hörte stumm, mit gefurchter Stirn, zu. Er hielt den Vater für einen Helden, klar! In einer Zeit, die jenseits allen Begreifens und Verstehens lag.

»Ja, die Sonne schien auf uns, die Russen, die Maschinengewehre, das Fichtengehölz, den schwarzen Acker, die schwarzen Raben, den Feldweg, auf dem der leere Kübelwagen stand«, fuhr Alban fort. Dann setzte er wieder eine Pause ein. Eine seltsame Pause. Aber Konradin wußte, was kam. Einer der Gefangenen trat vor, sah die anderen an und sagte: »Warum seid ihr so blaß, Kameraden!« – und öffnete den Rock, knöpfte ihn ganz auf, schlug ihn zurück. – Das war er, Alban, sein Vater, der Held, gewesen. Die Pause, die der Vater eingelegt hatte und die er stets einlegte, wenn er die Geschichte erzählte, dauerte. Konradin, der Junge von etwa zwölf, preßte die Lider zusammen, daß man die Tränen nicht sehen sollte, die hinter ihnen quollen wie aus einem Brunnen.

Das »Warum seid ihr so blaß, Kameraden?« hing an unsichtbaren Schnüren vor seinem Auge. Insbesondere vorm Einschlafen, nachts, wenn er ins Dunkle starrte und die Ereignisse des Tages, Schule, Fußballspielen, Hausaufgaben machen, Essen und Trinken Revue passieren ließ. Ja, da stand er, ein dunkler, edler, würdiger, schlichter, erhabener Satz. Groß wie ein Berg, vor dem er, Konradin, zu einer Ameise, einem Zwergkarnickel schrumpfte. Mit einem zufriedenen Lächeln um die kindlich geschwungenen Lippen schlief Konradin ein.

Alban schlug den Weg am Bach ein, der durch den großen Park schlängelte. Man konnte hier bis zur U-Bahnhaltestelle im Grünen gehen. Hie und da färbten sich die Blätter, der Himmel zeigte sich hochbewölkt, es mußte Föhn sein, den er fürchtete. Er schmeckte die müde Lauheit, das Kränkliche der Atmosphäre, auf Lippen und Zunge.

Alles machte ihn traurig und müde. Er verhielt den Schritt. Eine große, schwarze Krähe wühlte unweit von ihm in Gras und dürrem Laub nach winzigem Getier. Käfern, Würmern. Der Bach rollte sein Wasser grau, mit einigen Lichtsprenkeln, ohne Geräusch voran. Enten trieben darauf.

Alban setzte sich auf eine Bank. Eine leere Bierdose erzählte von einem Trinker. An warmen Tagen bevölkerten sich die Sitzgelegenheiten mit der Spezies, die mit dem Leben als Normalbürger nichts mehr am Hut hatte. In der Rechten die Dose oder Flasche, in der Linken die Zigarette, führten sie endlose Gespräche. Auch Frauen mischten sich unter sie, hektisch gestikulierend, schallend lachend. Ihre Welt war ein gedachtes, fernes Universum. Man verachtete die, die an ihrer Bank vorbeiflanierten oder trabten, gründlich.

Eine Frau rief »Einstein!« in die Allee hinein. Alban hob irritiert den Kopf. Ein schwarzer Mischlingsrüde fegte heran. »Brav, mein Einstein!« lobte die Frau und tätschelte seinen Nacken.

Alban setzte den Weg fort. Er überlegte, welche Sätze er an den Verlagslektor richten würde, und in welcher Reihenfolge. »Guten Tag, ich würde mich freuen, wenn Sie einen Blick auf die Blätter werfen möchten! Auch in die Texte. Es handelt sich nicht um Pornografie, Herr Dr. Pohl, sondern um eine Weltanschauung. Um eine neue Philosophie. Trieb, Antrieb, Motor – Eros, Weltseele, Mythos im Urmeer. Liebe vom Schlamm her! Der Penis stieß erst im Lauf der folgenden Millionen Jahre hinzu. Sozusagen als Sichtbarmachung des Systems. Fix- und Angelpunkt alles Geschehenden, ob hier oder im gesamten Kosmos. Ohne Eros kein Leben. Eros – Leben. Weiterpflanzung. Das Ewige im Raum und Nicht-Raum! Aus jedem schwarzen Loch dampft die Glut des sich Vereinigenden, Zeugenden, Gebärenden. Ein kolossaler Meteorit rast auf eine feste Masse zu, dringt in sie ein, läßt sie platzen, explodieren im Rausch eines ungeheuren Orgasmus.«

Der Lektor, ein Mensch mit Doktorgrad, würde das Heft aufnehmen und erstmal schockiert sein. Aber dann, dessen war sich Alban sicher, würde er interessiert zu blättern beginnen und seinerseits Vorschläge machen. Auf die ginge er, Alban, selbstverständlich gern ein. Denn dieses Vorhaben stellte eine Novität ersten Ranges dar. – Einschlagende Meteoriten grandiosen Ausmaßes in die weiche Erdkrume –, die nichts anderes als eine weiche, phänomenale Vagina darstellte.

Silvester fiel auf einen Donnerstag, erinnerte sich Alban. Konradin wollte den frühen Abend, er war dreiundzwanzig geworden, bei den Eltern verbringen und sich dann zu seiner Freundin Babsi begeben, die ihrerseits Leute zu sich geladen hatte. Einen Veterinärmediziner, einen Jurastudenten, einen Informatiker.

Konradin traf nur die Mutter an. Sie aßen zusammen Selbstgebackenes.

»Alban ist in einigen Lokalen zugange!« meinte Sabina.

»Wenn du Glück hast, erreichst du ihn bei ›Mutti Bräu‹!« – (Bei ›Mutti Bräu‹ fand man die, die man auf der Straße gesucht hatte.)

Sie betrachtete den Sohn immer noch als ihren ureigensten und unverbrüchlichen Besitz. Mit halbem Blick erfaßte sie stumm entzückt sein junges Gesicht, die glatte Haut, das dunkelblonde, dichte Haar, den weißen Hals, der aus dem Hemd hervorblinkte, die kräftigen Hände, alles, was er war und ihr gehörte. Zu einem ganz wesentlichen Teil.

Konradin warf einen Blick auf die Uhr, ein Stück, das die Mutter bei einem Antiquitätenhändler erstanden hatte, mit vernehmlich abschnurrendem und sich bewegenden Perpendikel. Sie war stolz auf die Errungenschaft, wenn sie auch jeden Tag um sieben Minuten zurückgestellt werden mußte.

»Wir werden zu sechst sein«, verkündete Konradin. »Wir haben eine Menge Knalldinger geordert!«

»Ich werde im Geist bei euch sein!« versicherte die Mutter. Sie umarmte den Sohn. Er nahm die Treppe. Draußen nieselte es. Der Asphalt schwarzfeucht. Es würde Schnee kommen.

Bei »Mutti Bräu« hatte man so etwas wie eine Silvesterdekoration angebracht.

Immer wogte eine fliederblaue Dunstschicht über den Köpfen der Gäste wie Abendnebel über Wald und Flur. Ein ansehnlicher Kohleofen bollerte vor Hitze. Auch das Ofenrohr, das von ihm wegzog, strahlte weit in den Raum hinein Wärme und urweltliche Geborgenheit. Niemandem gelang es, Mutti Bräu als Zentralfigur, tragende Kraft und bestimmende Größe zu übersehen. Sie liebte Studenten, ihre Sprache, ihr Lachen und ihre Gewohnheiten, weit von denen, die Berufe hatten und Geld heranschaffen mußten, entfernt. Ja, sie waren freie Vögel, die an Bächen nippten, über der Welt der Alltagslasten und Sorgen wippten, junge Füchse, die vorm Bau spielten, Welpen, die sich balgten und Purzelbäume schlugen. Sie bekamen besonders große Portionen, sie ließ sich an ihren Tischen nieder und begann einen Schwatz. Ihre Blicke streichelten die Gesichter, in die das Leben noch nichts geschrieben hatte. Keine Leiden vor allen Dingen, wenn sie auch neben dem Studium allerlei Jobs ausübten. Sie besaßen wenig Güter dieser Welt, aber weder Weib noch Kind noch Beruf und Kollegen, die sie beim Chef anschwärzten. Ja, sie waren für Mutti Bräu junge Füchse, die vor dem Bau spielten.

Es existierte dem Vernehmen nach ein Ehemann, doch niemand hätte sagen können, wie er aussah noch wie er hieß. Er rumorte in Küche, Speisekammer, am Tresen oder an der Gassenschänke, an der man sein Bier stehend hinunterschütten konnte oder mit nach Haus schleppte.

Jahrzehntelang veränderte sich nichts am gewohnten und vertrauten Bild. Es wurde zum Mythos für die, die auf der Suche nach ihm waren. –

Als sich Konradin hereinschob, herrschte bereits Lustigkeit und einiges Gedränge. Über diesem lagerte eine Rauchschicht, wie eine Dampfwolke über einer Diesellok. Konradin sah sich um. Alban konnte er vorerst nicht ausmachen. Er kämpfte sich zum Tresen durch. Da stand Udo, der die letzten zwei Jahre mit ihm dieselbe Klasse besucht hatte und nach dem Willen seines Vaters das Maschinenbaustudium angefangen hatte. – Ein Junge mit schönen, schwarzen Augen, wie mit schwarzem Samt überzogene Knöpfe. Das dunkle Haar trug er wie ein Jakobiner. Die Mädchen liebten ihn.

»Wo hast du dein drittes Bein gelassen?« flötete Konradin.

»Drittes Bein?«

»Wo du doch ein Klavier bist!« gab ihm Konradin zu verstehen.

Udo schüttete sein Pils hinunter. Konradin suchte mit den Augen weiter. An einem abseitigen Tisch entdeckte er einen, den er als Friedemann kannte, wie sein Vater als Fotograf unermüdlich in der Stadt unterwegs. Er steuerte den Platz an und setzte sich ihm gegenüber. Friedemann hatte allem Anschein nach schon einen in der Krone. Alle, die bei Mutti Bräu ein und ausgingen, liebten Bier, Kognak, Whisky, ob irisch, schottisch oder amerikanisch.

Friedemann war am Erzählen wie viele ältere Männer, die mit dem, was gewesen, nicht fertig geworden waren.

»Es war Frühling!« Friedemann Beisack ließ einen Scharfen hinab. »Alte Lieder! Alte Fotos! Und wir auf'm Kübelwagen!«

Friedemann sprach sowohl zu Konradin als auch zu einigen anderen am Tisch. Einem Studienprofessor mit blauen Augen, blonden Brauen und Haaren wie Jesus von Nazareth nickte Konradin zu. Bei dem hatte er Malunterricht im Gymnasium jenseits des großen Platzes gehabt. Die Schüler hatten ihn geduzt.

»Frühling«, grölte Friedemann.

»Frühling! Und der Kübelwagen! Und die Russen! Und wir Gefangene. Die Sonne schien, es blies ein Wind, der kam von Osten! Irgendwo in der Nähe floß die Elbe oder sonst ein breiter Fluß. Die Waffen hatte man uns schon in Oldern oder Voldern abgenommen, und der Führer tot! Der Hitler! In Berlin! Ja —«

Friedemann Beisack setzte eine Pause ein. Konradin sah sein Gegenüber starr an.

»Na ja«, machte der Studienprofessor, der aussah wie Jesus von Nazareth noch vor der Bergpredigt. Denn da hatte er schon den fatalen Seherblick, der nichts Gutes verhieß, und den Mund eines Propheten, der um sein Ende wußte.

»Na ja«, warf er nochmals hin und wischte sich den Bierschaum von der Lippe. »Und dann habt ihr überlebt, wie ich das sehe!«

»Ja, tatsächlich!« nickte Friedemann. »Wir überlebten. MGs wurden in Stellung gebracht. Wir waren Kinder. Kinder, versteht ihr! Dünn, blaß, seit zwei Tagen nichts im Magen!«

»Außer Angst!« ergänzte Jesus von Nazareth.

»Ja, Angst schon!« Friedemann winkte der Kellnerin Gusti. »Trotzdem knöpfte ich den Rock auf ...« – Gusti stellte ein Bier vor Friedemann. »Trotzdem knöpfte ich den Rock ganz auf. Der eisige Ostwind, der Russenwind, biß mich bis ins Mark. – ›Warum seid ihr so blaß, Kameraden?‹«

Konradin machte in diesem Augenblick den Mund auf wie ein Kind, das schreien will. Nach einem Ball, der in den Nachbarsgarten gefallen war, einem Tüteneis, das man ihm aus der Hand geschlagen hatte, nach etwas, das ihm gestohlen worden war.

»Die Schüsse fielen, jemand sank um, einer schrie –«

Friedemann schaute in die Runde. Es horchten ihm Jesus von Nazareth und der Sohn Albans zu. Die anderen am Tisch fanden das Thema zum Einschlafen.

»Dann preschte der Jeep daher –«

In diesem Moment sprang Konradin so abrupt auf, daß der Stuhl hinter ihm umkippte, packte den Sprecher an der Brust und rüttelte ihn.

»Du Lügner. Du Schuft! Du lügst! Das warst du nicht! Du nicht! Du nicht!« Wie in einem Anfall wiederholte Konradin den letzten Satz immer wieder und so gellend, daß man es im ganzen Lokal hörte. Jesus von Nazareth und die Kellnerin rissen Konradin von Friedemann Beisack weg. Einige Gäste guckten zu den Streithälsen hin. Dann taten alle, als wäre nichts gewesen. Konradin schob den Stuhl, der die vier Beine in die Luft reckte, beiseite. Udo mit den Augen wie schwarze Samtknöpfe näherte sich.

»Brauchst du mich?«

»Ach laß!« schüttelte Konradin den Kopf. Er hatte Friedemann zu guter Letzt noch einen Hieb auf die Nase versetzt und Jesus von Nazareth einen Stoß vor die Brust.

Die Tür fiel hinter Konradin nicht ins Schloß. Sie wurde aufgehalten von einer Frau mit großen, kummerfeuchten Augen; unter einem lässig übergestreiften Mantel sah eine weiße Schürze hervor.

»Is Anschy hier?« machte sie sich bemerkbar, ihre Blicke suchend durch die rauchige Atmosphäre gehen lassend.

Bei Anschy handelte es sich um eine Siebzehnjährige, die beschlossen hatte, nicht mehr in die Schule zu gehen. Glaubte sie, die Mutter behandle sie nicht so, wie sie sollte, tat sie in ein Köfferchen die Utensilien, die sie so brauchte und fuhr mit der U-Bahn zu ihrem Vater, der nach der Scheidung wieder geheiratet hatte. Eine um Klassen jüngere und identitätsbewußtere Geschlechtsgenossin. Nach ein bis zwei Wochen wechselte Anschy gewöhnlich wiederum zu ihrer leiblichen Mutter über. Seit kurzem tauchte sie bei »Mutti Bräu« auf, eine Klampfe im Arm, in ein schwarzes Netzhemd gehüllt, ohne weitere Textilien darunter, Lieder auf englisch zum besten gebend. Sie fand alles in Ordnung.

Aber Anschy hielt sich nicht bei »Mutti Bräu« auf. Frau Griesmeier trottete zum nächsten Lokal weiter. Die Sorge, der Kummer um das Kind war das Lebenselement, in dem sie schwamm wie in einer trüben, tränenähnlichen Lauge.

Kurz tauchte Konradin in der elterlichen Wohnung auf.

»Was ist?« rief Sabina, der etwas an ihm nicht gefiel. »Du schwankst ja!«

»Ist Alban hier?« stammelte Konradin.

»Nein! Aber du hast zu viel getrunken. Du schwankst ja! Bleib hier! Es ist noch Zeit bis Mitternacht. Leg dich. Ich werde mit Babsi telefonieren. Bleib bitte!«

»Nein, ich habe noch – ich muß noch –«

Er verschwand, wie er gekommen war.

Draußen marschierte er dem Park zu. Es schneite tatsächlich. In langsamen, dichten Flocken. Vor ihm hatte noch keiner den Weg benutzt. Er setzte seine Menschenfüße in das weiche, unschuldige Weiß. Er war tatsächlich noch ein Kind, wie der Vater und auch die Mutter behaupteten. Auf einer wie mit weißem Zucker bestäubten Bank schob er die Hände in die Taschen des Anoraks und ließ sich vollschneien.

Eine Zeit später begann die Glocke der nahen Kirche zu läuten, und Raketen schossen zischend hoch.

Er, Konradin, konnte sich morgen nach dem Duschen an Alban ranmachen:

»Mann, da hast aber zehn Jahr lang rumgetürkt! Und warum?«

Oder er, Konradin, hätte sich die Heldengeschichte, die keine war, auf die Frühstückssemmel gestrichen. Laß ihn, wenn's ihm was bringt! Okay! Vater kein Held. Vater gewöhnlicher Steuerzahler Klasse III, der beim Rasieren im Bad singt. Was? Na: »Nachts in Rom« – oder auch »Yesterday« –

4.

Klytämnestra

Aus Fredis Tagebuch: »Als etwa Vierzehnjähriger tat ich folgendes: Ich wartete, bis alles im Haus ruhig war, und schlich mich zur Treppe. Den Atem anhaltend, tastete ich mich in der vollkommenen Dunkelheit barfuß die Stiegen hinab. Ich wußte, welche Stufe knarzte und welche nicht. Die knarzende mied ich. Unten fuhr ich mit den Händen an der Büste meines Urgroßvaters auf der marmornen Konsole vorbei. Dann kam die Badezimmertür, dann die Schlafzimmertür. Vor Erwartung und Spannung schlugen meine Zähne aufeinander wie Kastagnetten einer tanzenden Zigeunerin. Ich versuchte, das Geräusch abzustellen. Man würde, bildete ich mir ein, das Klappern und Rattern bis hin zum breiten Bett drinnen hören.

Manchmal kam ich umsonst. Manchmal schnarchte mein Stiefvater rasselnd und röhrend. Aber dann: Da drangen die Geräusche zu mir, auf die ich gespitzt hatte. Die Matratze stöhnte. Meine Mutter flüsterte etwas. Der Stiefvater antwortete. – Schnauben, Rascheln, dann das rhythmische Knarzen und Quietschen, das in den Nachtstunden überall da, wo Betten stehen, den Erdboden erfüllt.

Sie machten alles ziemlich lang. Ägisth mußte so seine Tricks haben. Ich ließ meine Zähne knattern und rattern wie die Kastagnetten einer andalusischen Zigeunerin. Meine Finger verhakten sich ineinander, ich knotete und rieb sie, scharrte mit den Nägeln, biß in die geballten Fäuste und plapperte: ›Hund, Sau,

Dreckskerl, Blut, Scheiße, Schwein!‹ – Ein Glas klirrte. Es wurde irgendwas eingeschenkt, oder es knisterte Papier. Da wickelte Klytämnestra, die Mutter, einen Bonbon aus. Müde wie nach einer Schlägerei im Schulhof tappte ich die Treppe in mein Zimmer wieder hinauf. Einmal, wenn ich groß und stark war, würde ich sie und ihn niedermetzeln wie Sau und Eber. Und ihr Blut würde mir wie Ketchup sein!

Einige Jahre hindurch tastete ich mich so vor ihre Schlafzimmertür und knirschte vor Wut mit den Zähnen. Schließlich kam ich drauf, daß ich mit den beiden nicht mehr in einer Stadt zusammenleben konnte und verließ Wien. – Über einen Anwalt, der an sie schrieb, kam ich zu meinen Unterhaltskosten für das Studium.

Ich kann nicht schlafen! Drei Uhr früh. Ich schleiche zum Fenster und stiere zu Trixi hinüber. Alles dunkel. Ich glotze auf die Sterne im Viereck des Hofes. War Jupiter drunter? Venus, Mars, Merkur? – Auf dem Merkur, hatte ich gelesen, tobten Orkane mit einer Stundengeschwindigkeit von eintausendzweihundert Kilometern. Ich beuge mich vor. Konnte man das überleben? Einen Orkan von dieser Stärke? Ein urweltliches Brausen und Heulen. Infernalisch! Ob es Pausen dazwischen gab? Eine Stille wie vor Gott!

Immer wieder die Stunden im Kopf, in denen ich mich im Kleiderschrank verkrochen hatte. Dann die Mutter, dann mein Onkel Ägisth. Auf dem Boden der weiße Teppich, an der Decke der grüne Schirm, der gut zu Klytämnestras roten Haaren paßte. Überhaupt wählte sie für das, was um sie herum stand oder lag, die Farben, die zu ihrem bleichen Teint und roten Haar die optimale Wirkung hergaben. Zwischen den beiden Fenstern prunkte das riesige Bett. – Auf der echten Renaissance-Kommode eine große Fotografie von ihr. Weißer Tüll, silberne Pumps. Zwischen den leicht geöffneten Lippen der grelle Blitz ihrer Schneidezähne. Und, du lieber Gott – ihre grünen Augen. Und der Schrank! Da hatte ich drin gelegen. Die Dunkelheit, der unbestimmte Duft nach ihr. Nach ihrem weichen, weißen Körper, nach Parfüm, Puder, teurer Seife, Dusch-Gel zu dreißig Schilling. Schloß die Augen, sog alles ein. Das Unaussprechliche kroch in mir hoch. Klemmte im Hals wie ein Marillenknödel. Hatte meinen Kopf auf ihre Brust gelegt. Wußte, daß die weiß und voll war. Wollte wegfließen wie ein Milchbach vor Wonne. Die Augen geschlossen und sein wie ein Bach voll Milch. –

Als ich aus dem Schrank rauskroch, dämmerte es. Niemand hielt sich mehr im Zimmer auf. Alles vorbei. Mein Kopf wie ein leerer Kürbis, der sich langsam wieder füllte. Mit was? Mit Wörtern voller Haß. Blut, Scheiße, Schwein, Drecksau!

So zogen sich die Jahre der Kindheit hin. Ich haßte ziemlich alle, die meinen Weg kreuzten. Auch Wien, das diese Katastrophe zugelassen hatte. Es wurde mir fremd und fremder. Ich wollte keiner sein, der von da herstammte. Ich sagte, wenn man mich fragte, woher ich käme: ›Aus Feuerland, Timbuktu, den Inseln über dem Wind, Hadramaut, Waikiki!‹«

5.

Müll

Bei Friedemann Beisack handelte es sich um einen, den jeder kannte, der die Zeitung las. – Es gab etwas, das er liebte wie die Mutter das Kind: Abgöttisch, vorbehaltlos, voller Entzücken bei seinem Anblick: Die alte, hochgetrimmte Harley mit Codin-Auspuff, 140 PS, fast eine halbe Tonne schwer, mit einer Spitze von zweihundertfünfzig Kilometern.

Alle starrten gebannt auf das Ungetüm mit Friedemann im roten Ledersattel und dem seltsam gesichtslosen Kopf unter Helm und Brille. Oft war er im Hof anzutreffen mit Eimer und Lappen, Polier- und Schmiermitteln, aufmerksam, gesammelt, mit gefurchter Stirn, bis das edle Werkstück in überirdischem Glanz strahlte. Ein Donnergeist aus Chrom und Lack und Stahl, Blech, Leder und Gummi. Hatte er die Straße erreicht, fiel jedes menschliche Maß von ihm ab. Ein Gottkönig, Wotan, Zeus, Herr über Leben und Tod, furchtbar und schrecklich wuchs er im Sattel auf. Sein Auge schwamm in sattem Glück, ein Glanz aus hohen Schichten bildete eine Aura um ihn. Er bretterte los. Nicht selten steigerte er bis auf zweihundertfünfzig Sachen hinauf und wischte wie ein Dschinn, Ghul, Nachtmahr an Lastern, Trucks, Tankern, Schleppern vorbei. Sein durch ein Band zusammengehaltenes Haar hob sich im Fahrtwind, er beugte sich tiefer und tiefer auf die Lenkstange nieder. Vollgepumpt von Glück und Rausch, kehrte er mitten in der Nacht, schlapp in den Knien, müde wie ein Ackergaul, zurück.

Nach solchen Ausflügen nahm er nur noch ein Bier bei »Mutti Bräu« zur Brust und ging schlafen, ein Lächeln, das ein Grinsen war, um die Lippen. Ab und zu fuhr er aus den Kissen hoch. Da hatte er im Traum irgendwas gerammt. Das Heck eines vor ihm fahrenden Autos, einen Schatten, der ein Reh, aber auch ein Mensch sein konnte.

Mutti Bräu zählte ihn zu ihren Stammgästen, zu denen sie sich gütig herabbeugte und nach ihrem Befinden fragte. Im übrigen kreuzte er mal mit einem Weib auf, mal mit einem jungen Mann. Gegenwärtig handelte es sich um einen, den er Franz nannte, einen dünnen, langen Menschen mit eingefallener Brust, in einer Apotheke beschäftigt. Fast ein Jahr lang dauerte das Verhältnis mit ihm. Franz begleitete ihn, wenn es seine Zeit erlaubte, zu Fototerminen.

»Zieh feste Schuh an«, riet ihm Friedemann, »oder besser Pumatreter. Die kannst du nachher ins Wasser schmeißen. Ich will den Müll der Zeit ablichten!« – Er hatte von der Zeitung einen entsprechenden Auftrag auszuführen. Sie hielten sich kurze Zeit auf der Autobahn Richtung Norden. Dann lenkte Friedemann seine Harley raus: Eine Schredderanlage, eine Kiesgrube, Abstellgeleise, Loren, die so rumhingen, die Deponie, die Kippe, Müllhalde. In der Mitte quoll gelber Schaum, aus dem Good Year-Reifen, Matratzen, Ofenrohre, Kühlschränke, Kinderwagen, zerfetztes Polsterzeug wie Wrackteile eines gesunkenen Objekts herausragten. An den Böschungen wuchsen Disteln, Stauden; alles ohne natürliche Farben, und über allem lag ein besonderer Geruch.

In Abständen wanderten Männer auf der von Pfützen und unförmigen Brocken durchsetzten Fläche hin und her. Einer von ihnen, grau in grauen Klamotten, näherte sich.

»Ich suche Eisen! Ist gar nicht so einfach, Eisen zu finden!«

Er zog einen Magneten hervor, den er an naheliegendes, metallenes Gerümpel setzte. Friedemann hob den Apparat vor Augen und knipste. Über ihnen schwirrten Lerchen, als wüßten sie nichts von dem, was unter ihnen los war. Die City lag fern am Horizont hinter einer stillen Dunstwand.

»Das Glück, nur zu sein!« ließ er sich vernehmen, ein widerliches Autowrack im Visier, das schon zu Brei verfiel.

»Diese Müllkippe als Bild und Sinnbild, Symbol und Symbiose.« Und er knipste ein Bettgestell, in dem einer seinen Geist aufgegeben hatte. Einer, den die, die noch lebten, gehaßt hatten, daß sie selbst das Bett, in dem er für immer verstummt war, nicht mehr in der Wohnung dulden wollten.

Friedemann ging in die Knie und machte eine Großaufnahme von einem gelben Löwenzahnbüschel. Plötzlich gab der Boden unter ihm nach. Er rutschte mitsamt einem breiten, lehmigen Brocken in die Tiefe. Franz faßte nach seiner Linken, in der er den Apparat hielt.

»Jetzt weißt du, weshalb ich dich mitgenommen habe!« krächzte Friedemann. Ein Autoüberbleibsel ohne Reifen und Dach stoppte seine Talfahrt. Das mürbe Blech knirschte und brach unter ihm, seine Schuhe liefen voll mit etwas Ekligem.

»Mach ein Foto!« forderte er Franz auf. »Aber rasch!« Und Franz tat, was man von ihm verlangte.

Der Mann, der nach Eisen gefragt hatte, trabte heran. Gemeinsam mit ihm zog Franz den Verunglückten nach oben, wo er die Schuhe und Socken von sich schleuderte.

»In einem Gepäckfach habe ich Reservezeug. Das tue ich immer!« bemerkte Friedemann. Er zeigte sich zufrieden. Die Fotos würden sich zu einem guten Preis verkaufen lassen. In Farbe.

Über dem Müll der Himmel mit weißen Tauben, wehenden Wolken und nichtsahnenden Lerchen.

Das Wirre und in sich Zusammenbrechende, der Sog und der Geruch, das alles schrie nach einem Titel. Friedemann wartete darauf, daß Franz sich hinter ihn in den Sattel schwänge. Er würde ihn finden.

Dann sah und hörte niemand mehr etwas von Franz. Auch in der Apotheke fand Friedemann ihn nicht. Er machte sich auf die Suche nach ihm. In der alten Bleibe neben der Kirche mit den romanischen Grundmauern war er eine Monatsmiete schuldig geblieben und ausgezogen.

»Nun fragen Sie mal in der Marktstraße nach! Im Haus mit den gebrauchten Kleidern!« riet ihm die Wirtin. Sie sah ihm nach. Er bot keinen erfreulichen Anblick, wenn seinen Namen auch jeder Zeitungsleser kannte.

Friedemann stand vor einem Haus, das der Krieg nicht gemocht hatte. Kleine Fenster, niedrige Türen, im grasbewachsenen Hof, in den man seitlich hineinsehen konnte, eine Teppichklopfstange und Mülltonnen. Diese vollgestopft mit Zeitungen, Kartons, Plastiktüten und Flaschen. Von den ursprünglichen Bewohnern verlassen, hausten allem Anschein nach in den zwei Stockwerken flotte Wohngemeinschaften, die bis in den Mittag hinein schliefen.

Friedemann klingelte aufs Geratewohl. Eine Mamsell mit fast nichts auf dem Leib öffnete. Es roch stark nach Kaffee und süßen Räucherstäbchen ins Treppenhaus heraus. Sie deutete auf eine entsprechende Frage nach einer Tür mit einem Namensschild, das der Besucher der Dunkelheit wegen nicht entziffern konnte. Er klopfte. Niemand meldete sich. Trotzdem drückte er die Klinke herab. Totale Finsternis herrschte. Der Raum mußte kein Fenster haben.

»Hallo!« machte Friedemann.

Ein unbestimmtes Geräusch kam von einer Ecke her. Er tastete nach einem Schalter, fand ihn und betätigte ihn. Ein winziges Viereck mit Bett, Tisch, Stuhl, einem Haken an der Wand erhellte sich spärlich von einer höchstens 30-Wattbirne.

»Hallo!« gab Friedemann gepreßt von sich. Er bereute den Gang. Im Bett regte sich etwas. Ein Kopf mit einem sieben Wochen alten Bart wie Johannes der Täufer lag todesmatt auf zerdrückten Kissen.

»Hallo, Franz!«

»Was is?« kam es mit kratziger Stimme von Franz. Er maß den Eingetretenen wie einen Fremden. Dann schloß er die Augen, als hätte ihn die Musterung über Gebühr angestrengt.

»Kann ich was für dich tun?«

Franz lachte kichernd auf. Auch sein Haupthaar hing schütterspeckig an den Schläfen herunter. Er hatte sich unheimlich verändert. Ein Kind wäre vor ihm weggerannt.

Auf einem Stuhl vor dem Bett lag eine angebrochene Packung Zigaretten, die billigste Sorte, ein Feuerzeug, eine Armbanduhr, zu unansehnlich, als daß man sie noch hätte in ein Leihhaus bringen oder verscherbeln können.

»Kann ich was für dich tun?« wiederholte Friedemann.

»Ja, meinen Kugelschreiber vom Boden aufheben!«

Erst jetzt bemerkte der Besucher, daß Franz vor sich auf der Decke Papier liegen hatte.

»Ach«, grinste Friedemann schwach. »Ich habe vergessen, daß du im Dunkeln schreiben kannst. Weißt, wo die Seite anfängt und wo sie aufhört!«

In diesem Moment erhob sich eine Stimme, die im Raum keine materielle Gestalt haben konnte. Sie kam aus einem schwarzen, runden Loch über der Bettstatt.

»Du hast heute nacht im Korridor das Licht brennen lassen! Tu das nicht noch mal! Du weißt, was dir sonst blüht!«

Franz feixte jetzt.

»Es kommt vom Stockwerk über mir. Die machen oft Krach!«
Er erwartete keine Antwort, spielte stattdessen mit dem Kugelschreiber und las für sich etwas von dem Block ab, der vor ihm über den angezogenen Knien lehnte. Friedemann fühlte sich versucht zu fragen, ob er Probleme mit Drogen hätte. Das war schon mal der Fall gewesen. Die Tür öffnete sich. Ein Ding, nicht älter als sechzehn, schlüpfte herein. Das Haar hatte sie resedagrün gefärbt. Sie tappte barfuß zum Bett, ließ sich auf die Kante nieder und legte den Arm, einen langen, dünnen, schwanenweißen Arm, um Franzens Schulter und drückte ihr kleines, bleiches Gesicht gegen den Bart. Sie küßte ihn wie Kinder küßten, ernst und gesammelt. Franz vermied, Friedemann anzusehen.

»Es ist Gila! Du siehst, ich bin nicht allein und verlassen!«

»Das beruhigt mich!« warf Friedemann etwas spöttisch hin.
Das bleiche Ding zog die Beine, lange, dünne Glieder, aufs Bett hoch, sich gegen die Knie des darin Liegenden lehnend. Franz langte mit der Linken in den Bart, eine Strähne um den Zeigefinger wickelnd. Er räusperte sich.

»Hast du ...?«, fing er an. Er machte eine Pause.

»... Geld?« half Friedemann nach. »Brauchst du Geld?«
Franz schüttelte den Kopf.

»Hast du irgendwo 'ne Bibel liegen? So 'ne Heilige Schrift!«

»Eine Bibel?« Friedemann glotzte den anderen an.

»Na ja! Bibel! Ich könnte sie gebrauchen!«

»Für Rezepte?« grinste Friedemann. Franz hatte Pharmazie studiert, war in seinem Hinterkopf gespeichert.

Franz zog die Brauen hoch.

»Ich werde nachschauen!« lenkte Friedemann ein. »Hast du genug zu essen?«

»Ja, ja«, erwiderte Franz. Friedemann war sich nicht so si-

cher. Franzens eingefallene Backen redeten von Mangel an Eß-
barem. Von Hunger. Und wenn er eine Bibel brauchte, weshalb
kaufte er sie nicht?

Friedemann wandte sich zur Tür. Am kleinen Platz, keine fünf
Minuten entfernt, betrat er McDonalds und warf prüfende Blik-
ke auf Big Mäcs, Hamburgers, rostbraune Frikadellen, rosa glän-
zender Lachs hing links und rechts aus langgestreckten Semmeln heraus. Er sackte vier Riesenportionen ein, nebst genügend
Pommes und Cola, und trabte zurück. Alles war ihm hier vertraut. In zwei Minuten würden die Neons da sein, auch alte Laternen hatte man wieder installiert. Die Gehsteige wimmelten
von Leuten, die zwischen Abenddämmerung und Morgengrauen
alle Fragen, die Blödmänner stellen konnten, beantwortet wissen wollten.

Das Licht brannte im winzigen Gelaß noch. Das hauchdünne
Wesen von höchstens sechszehn lag jetzt neben Franz auf dem
einzigen Kissen und hatte sich oben völlig freigemacht. Ihr lin-
ker Arm umfing Franzens Kopf. Friedemann konnte ihre unwahrscheinlich winzigen weißen Brüstchen mit den rosa Spitzen un-
gehindert betrachten, aber solche puppenkleinen Dinger gaben
ihm nicht das Mindeste her. Er übersah sie gern. Nicht die geringste Ähnlichkeit mit den Paradekissen einer Jugoslawin, die
er vor einer Woche zu »Mutti Bräu« geführt hatte.

Friedemann breitete Papierservietten auf der Decke aus und
darauf die köstlichen McDonalds. Franz richtete sich auf und
besah sich alles ohne Lust, schob aber der Bettgenossin von dem
Segen reichlich zu und griff selbst nach einem hoch aufgetürm-
ten Cheeseburger.

Alle, auch Friedemann, aßen schweigend. Das bleiche Geschöpf verlor vom Pappteller zum Mund einen Teil seiner Pizza
auf den blaßbleichen Brüstchen. Franz sammelte ihn wieder ein.

»Draußen scheint noch die Sonne!« warf Friedemann hin, eine Trinktüte mit Bier kredenzend. Franz legte den Kopf zurück, als dächte er über die Bemerkung nach.

»Ich war viel an der Sonne. Wenn man sich auf eine bestimmte Sache konzentrieren will, lenkt sie einen zu sehr ab! Man denkt an tausend Dinge und vergißt das einzig Wichtige. Ich habe alles ausprobiert!« Er tat einen langen Schluck. Die Junge hatte genug und legte sich bequem neben ihm zurecht.

»Ich bring' dir nachher meine Englisch-Aufgabe!« schwatzte sie. Sie gab einen Laut wie ein Vogel von sich. Im nächsten Augenblick meldete sich die Stimme aus dem schwarzen Loch über dem Bett zum zweitenmal:

»Laß heute nacht nicht wieder das Licht im Korridor brennen! Sonst raste ich aus, und dann kommt was auf dich zu!«

Franz schlug das Plümo von sich. Er trug einen gottserbärmlichen Pyjama mit kurzen Hosen, aus denen seine langen, schwarz behaarten, kalkbleichen Beine ragten. Er verschwand und kam wieder rein. Irgendwo war eine Klospülung losgerauscht. Als er sich wieder unter die Decke verkroch, überlief ihn ein Frostschauer. Seine Schultern vibrierten, seine Zähne schlugen aufeinander, sein Körper zog sich zusammen, die Knie, die sich auf dem lockeren Zubett abzeichneten, bebten. War er auf Entzugstrip? Friedemann suchte in sich nach einem Mitleidsgefühl und fand es nicht. Er war auch auf seine Story nicht neugierig. Er empfahl sich.

Draußen spann die Dämmerung Graufäden. Zweiundzwanzig Grad. Die Menschen schoben sich aneinander vorbei dem Park zu, von dem sie einige Wunder und Mystifikationen erwarteten.

Frau Karl näherte sich. Eine Alte, die zu denen zählte, die er grüßte. Obgleich sie sich nur langsam vorwärtszuschleppen vermochte, hatte sie flotte Dinge an, pink, lila, gelb, grün. Sie trug das komplette zwanzigste Jahrhundert im Kopf mit sich herum und war davon überzeugt, daß jedes Pferd ein besseres Gewissen hatte als sämtliche Zweibeiner, die an ihr vorübertrabten. Frau Karl lebte einsiedlerhaft wie viele des Viertels. Geriet sie abends vorm Fernseher versehentlich an einen Sexstreifen, schüttelte sie das graue Haupt, verfolgte eine Zeit mit mäßigem Interesse die Aktionen und schaltete, wenn ihr alles zu lang dauerte, auf ein anderes Programm. Da trotteten Elefanten im Ngorongorokrater auf der Suche nach Wasser unter der glühenden afrikanischen Sonne dahin, in der Mitte die kleinen, putzigen Kerlchen führend. Schließlich würden, erklärte der Sprecher, die meisten am Weg liegenbleiben. Verdurstet, verhungert. Die Geier hockten auf kahlen Ästen und warteten geduldig dieses Augenblicks. Frau Karl mochte auch dies wie den Sexstreifen nicht sehen, schaltete ab und begab sich zu Bett.

Friedemann überlegte, daß man Frau Karl irgendwann vermissen würde. Vermutlich säße sie drei Wochen lang vorm laufenden Programm, im Kopf das eingespeicherte komplette zwanzigste Jahrhundert, während sich in den Augen die Iris milchig eintrübte. Man müßte, überlegte er, mal mit dem Aufnahmeapparat zu ihr und von den Schätzen der Vergangenheit, die sich hinter ihrer Stirn angesammelt hatten, einen Teil abrufen: Den Ersten Weltkrieg, Inflation, Asta Nielsen, die große Arbeitslosigkeit, Weltwirtschaftskrise genannt, die Anfänge Hitlers, SA, SS, NSDAP, die Aufmärsche, das Winterhilfswerk, die Verfolgung von Juden, Sozis, Kommunisten, Homosexuellen, Zeugen Jehovas, die Reichsparteitage, den Zweiten Weltkrieg, den Angriff auf Polen, die ersten Kriegsgefangenen, die Vormärsche nach Frankreich, Norwegen, Afrika, Rußland. Doch fast bis zuletzt die Faszination der Flaggen, knatternd im Wind, die Wimpel,

Standarten, Stander, Banner. Fahnen und Fanfaren. Heildonner aus hunderttausend Kehlen, entrückte Augen, verzückte Mienen, Todessehnsucht, Todesbereitschaft. Und dann die Amis, Konrad Adenauer, das Wirtschaftswunder, Rosemarie Nitribit, McDonalds, Currywurst, Roberto Blanco, die dynamische Rente, wir Wunderkinder, Willy Brandt – Friedemann Beisack schnalzte mit den Fingern. Das alles mußte er von der alten Frau Karl noch herauskitzeln, bevor sie vorm Fernseher entschlief.

6.

Die blaue Blume wird geküßt

Etwa zwei Monate nach dem bewußten Silvester zog Konradin von den Eltern weg in das Appartement seiner Freundin Babsi. Sie schafften sich gemeinsam ein gebrauchtes Auto an. An einem Samstagmorgen fuhr Konradin allein los. Babsi wollte eine Seminararbeit nicht im Stich lassen. Konradin lenkte in die Berge hinein. Da würde er Gigi und Rauf treffen.

Er verließ die Autobahn und rollte auf einer schmalen Allee weiter. Blaue, noch mit Schneeresten besprenkelte Höhenrükken begrenzten den Blick. Am Anfang des Aufwärtssteiges stellte Konradin den Wagen ab. Die Berge und ihre Wege hinauf bedeuteten ihm nichts Fremdes. Konradin tat, nachdem er die Wagentür zugeschlagen hatte, den Mund auf. Er wollte die herbe, nach Wind, Tannen, Steinen und Moos riechende Luft zwischen den Zähnen kauen wie Brot oder Früchte. Eine feierliche Fröhlichkeit senkte sich auf ihn, als hätte man ihm ein Meßgewand übergeworfen. Er hing sich den leichten Rucksack um und marschierte los. Finken schlugen, sie saßen auf Ästen oder schwirrten nahe an ihm vorbei. Dazwischen seltsames Knarren, und auch ein Specht hieb hastig auf einen Stamm ein. Als sich ein Kukkuck meldete, verhielt Konradin den Schritt.

»Wie lange leb' ich?«

Der Schelm gab keinen Mucks von sich. Konradins Absätze klirrten auf Fels. – Es wurde ihm warm. Die Sonnenstrahlen drangen als kleine, goldene Messer auf ihn ein. Er öffnete die Jacke, auf deren Rückseite stand »Mr. President« – dumme Worte, aber gerade deshalb total im Trend.

Plötzlich verharrte er vor einem Etwas. Ein tiefblauer Enziankelch lehnte an einem kantigen Granitstock. Konradin äugte auf das Wunder nieder. Dann ging er in die Knie, sah ins Innere der blauen Welt hinein und küßte die tauige Frische, wie man einen feuchten Mädchenmund küßt.

Als er sich aufrichtete, bemerkte er etwas entfernt einen Mann in Lodenzeug mit schwarzer Bundhose und umgehängtem Gewehr. Einen Jäger. Gut, daß er die Blume nicht gebrochen hatte. Konradin winkte ihm zu und setzte den Weg fort. »Ein Spinner!« würde der andere von ihm denken. Konradin notierte es mit großem Gleichmut bei sich. Alles hatte eine neue Dimension an diesem Tag. Etwas Schwebendes und Klares. Er konnte durch alle Dinge hindurchsehen wie durch Seide, und erkennen, was dahinter steckte. Geheimnisse oder Banales. Eine Elster flog auf, als wollte sie ihr schwarzweißes Flügelkleid präsentieren, ein Reh wandte den Kopf nach ihm und äste weiter, als habe es sich von der Arglosigkeit des zweibeinigen Wesens überzeugt.

»Ja«, sagte er einfach so in die Helle und Stille hinein. »Ja«, und nickte und stapfte weiter. Er sah oben links die Hütte und steuerte auf sie zu. Gigi und Rauf erwarteten ihn. Rauf behauptete, er habe einen Hundenamen, aber er trug ihn mit Würde. Er hatte ein Lehrheft über Zytologie mit heraufgeschleppt, weil er einige Tage hier oben, fern von Kneipen und Bars, büffeln wollte. Die Begriffe »Hyaloplasma«, »Metaplasma«, »Paraplasma«, was tote Einschüsse bedeutete, flossen ihm geläufig von der Zunge. Retikulinfasern, erklärte er jedem, der es hören wollte, hätten mehrere Eigenschaften mit den Kollagenen gemeinsam.

Es gab Erbsensuppe von der Firma Maggi, drin hüpften Bockwürste, und auf Brettchen lagen Tomatenscheiben. Konradin aß mit gutem Hunger. Er seinerseits hatte von Babsi zubereitete würzige Fleischbällchen, nicht zu wenig, dabei, Brot und Bier in Dosen. Die wurden vorm Haus in den Brunnen gelegt, da blieben sie köstlich frisch. Alle drei sprangen den Nachmittag über von Felsbrocken zu Felsbrocken, besuchten einen Sennhirten auf der benachbarten Alpweide, tranken Milch und erhandelten Käse. Konradin gesellte sich zu einem Tiroler Kälbchen mit wildfarbenem Fell und großen blauen Augen und streichelte es, ihm tief in das Blau der Augen sehend, wie vorhin dem Enziankelch.

»Küß es!« rief Gigi, ein Mädchen mit rostroten Haaren und Sommersprossen, das Sprachen studierte und nach Brüssel wollte, wo man viel Geld heuern konnte.

Konradin küßte das Tiroler Kälbchen auf die Stirn. Wieder wie schon einmal spürte er den Tag wie keinen anderen zuvor. Wieder wie am Vormittag rief ein Kuckuck vom Wald her.

»Wie lang leb' ich?« rief Konradin zurück. Der Vogel schwieg.

Sie traten den Rückweg an, speisten zu Abend; das Bier schmeckte phantastisch vom kalten Wasser heraus, sie spielten Karten, sie auf den blanken Tisch knallen lassend. Die Nacht kam, alle hockten sich vor die Hütte auf die roh geschnitzte Bank. Der Mond schaukelte, eine Williamsbirne, über dem gezackten Kamm. Gegen sechzehn Uhr des nächsten Tages brach Konradin auf. Gigi erhielt ihr Küßchen wie der Enzian und das Tiroler Kälbchen. Unten lenkte Konradin in die Bundesstraße ein. Die Dämmerung schlich von Gehöften und Hügeln und Wegkapellen heran. Er visierte eine alte, stämmige Buche an und gab Gas.

Als Konradin erwachte, beugte sich jemand über ihn.

»Endlich!« hauchte Babsi. Sie winkte mit der Hand ins Krankenzimmer hinein. Alban trat herzu. Konradins Blick erlosch, wie ein Flämmchen an Sauerstoffmangel erlischt. Er schloß die

Augen. Alban wich nach hinten. Seltsamerweise bedeutete dem jungen Mann auf der Spezialliege auch das Gesicht der Mutter nichts, die nun sichtbar wurde. Wieder fielen seine Lider herab. Sie stieß einen sonderbaren Laut aus und schlug die Hände vors Gesicht.

Einen Monat lang verbrachte Konradin in Kliniken und auf Reha-Stationen. Dann entließ man ihn. Er sprach den Wunsch aus, bei Babsi leben zu wollen. Sie erwartete ein Kind von ihm. Stillschweigend steuerten Alban wie auch Sabina dazu bei, daß das junge Paar in ein Haus mit Lift ziehen konnte. In der Wohnung selbst ebnete man alles auf eine gerade Fläche ein, verbreiterte die Türen zu Bad und Balkon und nahm noch einige andere behinderungsgerechte Veränderungen vor. Konradins Beine versagten den Dienst. Auch das Sprechzentrum des Gehirns war in Mitleidenschaft gezogen. Die Ärzte verwiesen nach eingehenden Untersuchungen auf eine »Glia, die zu wuchern angefangen« habe.

Sabina und Alban schlugen im Lexikon den betreffenden Buchstaben auf.

Eines Tages klingelte das Telefon. Sabina hob ab.

»Hier Babsi! Du wolltest morgen kommen?«

»Ja!«

»Konradin«, tönte es zu ihr, »Konradin läßt dir ausrichten, er wünsche deinen Besuch nicht!«

»Weshalb nicht? Ist er erkältet oder was?«

»Er sagt, es wäre ihm unmöglich, mit dir – also mit dir zusammen zu sein!« Sabina fand keine Antwort.

»Ich muß«, kam Babsis Stimme, »ich muß auch Alban so ähnlich Bescheid geben!«

Sabina legte auf. Es konnte sich nur um ein Mißverständnis handeln.

»Er haßt uns!« bedeutete Alban ihr.

»Warum?«

Alban schwieg. Doch dachte er an die seltsame Pause, die er bei Schilderung der Vorgänge am Waldrand vor fünfzig Jahren stets eingelegt hatte.

Sabina entschloß sich, Konradin trotz der Bemerkung Babsis aufzusuchen.

»Ich bin seine Mutter!« hielt sie sich vor. Sie klingelte an der Wohnungstür. Schritte näherten sich. Babsi öffnete. Sie schien kurz vor der Niederkunft zu stehen.

»Bitte, laß mich zu Konradin!« bat Sabina. »Ich bin seine Mutter!«

»Als wenn das genügte!« stand in Babsis Blick. Trotzdem trat sie zur Seite. Zögernd schob sich Sabina in ein großes, helles Zimmer. Ein Mann im Rollstuhl sah ihr entgegen. Ein gedunsenes, bleiches Gesicht mit trübem, verschleiertem Blick, der, ihrer ansichtig werdend, jedes Fünkchen Leben einzubüßen schien.

»Cortison!« geisterte es durch Sabinas Hirn. Ihre Stimme brach rauh ein, als sie Konradins Namen nannte.

Konradin wandte das Gesicht von der Mutter weg. Das Gesicht, das die Mutter strahlend vor Leben und Spannung in Erinnerung hatte.

»Ich liebe dich!« schrie sie, die Fassung verlierend. »Es ist mir egal, wie du aussiehst! Ob du krank oder gesund bist! Ich bin deine Mutter! Ich bin deine Mutter! Ich liebe dich!« Ihre Stimme verröchelte. Babsi hatte das Zimmer verlassen. Konradin formte die Lippen zu einem Satz. Es kam nur undeutliches Gestammel hervor. Er verstummte. Dann griff er zur Seite nach einem Notizblock, der da lag, und warf einige Worte hin. Sabina langte nach dem Blatt, das er ihr vorhielt.

»Ich hasse euch!« stand da.

Sie verließ die Wohnung. Mit dem Haß Konradins konnte sie nichts anfangen, aber im Lift schrie sie los, bis das Fahrzeug hielt. Sollte sie mit diesem Haß weiterleben? Auf dem Heimweg erlitt sie eine Art von Tod. Aber es war ihr, als würde sie aus diesem Tod immer wieder aufstehen. Als wäre dieser Haß zugleich der Schierling und das Element, das sie am Leben hielt. Ein Feuer, Brand, der sie ausglühte und zusammenschweißte.

7

Das Barometer: schwer gefallen

Aus Fredis Tagebuch: »Das Barometer: schwer gefallen. Morgen würden die kleinen Mädchen ihre Winzigsünden beichten. Ich warte darauf, daß Trixi anruft und wieder flötet: ›Ich liebe dich!‹« – Ich gehe zum Boulevard vor. Im Schaufenster von Hertie recken Mädchen in schwarzen, kurzen Nachthemden die schweinchenrosa Arme hoch, die Finger gespreizt, als deuteten sie den Preis für einmal Bumsen an. Ein Uhr nachts. Eine echte Domina mit anthrazitgrauen Augenlidern macht mich an. – »Keine Scheine!« dichte ich. »Nur Silber!« Eine Alte, die anscheinend von einer Putzarbeit aus einem Büro kommt, schaut an uns vorbei. Die Greise hier im Viertel müssen allerlei erdulden. Sie erledigen das mit Vorbeischauen. Ein Mann marschiert vor einer Telefonzelle auf und ab. In der Kabine lächelt ein Mädchen das dikke Buch an, das aufgeschlagen vor ihr liegt. Es trägt eine rote Ledermütze, schief aufgesetzt. Ein Auto wie ein Alligator schleicht daher. In einem Hauswinkel steht eine Person mit einem Packen Hefte im Arm. »Warum Gott der Allmächtige über die Nationen lacht!« und »Warum hat Gott das Böse bis heute zugelassen?« Die Frau trägt einen Lodenmantel, ein uniformähnliches Stück Zeug. Der stillstille Regen zieht Furchen über ihr Gesicht, das auf sanfte Weise Einfalt und Demut dokumentiert. – In der Giselastraße nehme ich ein Bier zur Brust. –

Ich wollte, ich wäre nicht Orest. Ich betrachte mich im Spiegel. Mein Mund ist wie immer. Wie als Abiturient. Denkt sie manchmal an mich? Sie ruft niemals von Wien her an, obwohl sie meine Telefonnummer hat. Es regnet. Ich werde nicht zur Vorlesung gehen. Nach einem Suizidversuch vorm Spiegel: »Du kleines Dreckschwein warst zu blöd für einen perfekten Exitus! Wirst zehn Jahr lang Hosen mit Aufschlag tragen müssen, zehn Jahr lang ohne Aufschlag. Enge Hemden, weite Hemden, Socken mit Streifen, Socken mit Tupfen. T-Shirts mit Druck: Palme vor untergehender Sonne oder Puma oder Lufthansa oder Crazy Joint und mal Urlaub in Telfs, dann in St. Anton, dann in Cecoinamare, dann auf Kreta, dann in Agadir. Nein, das will ich nicht! Schon lieber: »Und nahm sich das Leben an einem gewöhnlichen Wochentag. An einem Dienstag. Kam in der Früh nicht aus dem Zimmer. Die Zugehfrau Aischa Alanoglu klopft so gegen elf Uhr an seiner Tür. Schweigen! Es herrscht Regenwetter. Stilles, graues Getröpfel vom Himmel. Gedämpftes Taubengurren von den Simsen rein. Und hat sich die Adern aufgeschnitten. Der Teppich rot. Eigentlich schwarz. Auf dem Tisch ein Zettel: Grüße an ...«, ja, an wen? Trixi? Niemand würde mit dem Namen was anfangen können. Daß wir uns überhaupt sehen konnten, verdankten wir dem Umstand, daß die vier Bäume des Hofes hier eine Lücke bildeten. Von einem Aufenthalt in Urbino wollte ich nicht mehr zurück zu Klytämnestra und Ägisth, sondern als Saccopellisti mit dem Interrailerticket in der Faust um den Globus. Die Überfahrten nach Tripolis oder Tanger oder Neuseeland oder Sri Lanka zusammenschnorrend. Wüsten und Kashbas, und der Sudan und der Stern des Südens und große Seen mit Pelikanen, und manchmal zu Schiff und manchmal auf'm Kamel und manchmal auf'm Rad, und manchmal per Anhalter. Kellner und Kuli, Schauermann und Chauffeur, Zimmerboy und Zeltbauer, Museumsdiener und Markthelfer, Gärtner und Taxidriver. Ehrwürdige Hurenviertel in Köln, Amsterdam, Genua, Triest.

Alte, bucklige Antiquitätenhändler. Die Sonne versinkt hinter Westeuropa. Die Touristen schlüpfen fröstelnd in ihre Klamotten. Eine Stunde später der deutsch-südeuropäische Gemeinschaftsfraß. Einer schärft sich das Messer demonstrativ am rauhen Tellerrand, einer kaut schnell und lautlos wie ein Karnickel. Dann gehen die Leute von Cabicce Mare unter dem dunstigen Wolkenschleier, vor sich das bleifarbene Wasser in den Molen, in die Bars zu den fröhlichen Kellnern Domenico, Antonio, Marcello, Paolo und trinken dort englischen Tee und deutschen Kaffee und verschiedene Toddys, und Dortmunder Bier und Bitburger Pils und reden deutsch und englisch, luxemburgisch und holländisch und französisch und auch italienisch und gehen aufgeräumt zurück in ihr Hotel Vienna, Linda, Luxor, Royal, Labrador, Queen Mary und wiehern noch bis zum Eingang über die Schweizer Witze und die Medizinerwitze und die Witze über die Irren.

Klar, daß mich eine abschleppte. Gute vierzig Jahr war sie.

»Ich habe ein starkes Verhältnis zu Gerüchen!« versicherte sie, und steckte ihre Nase in meine Achselhöhlen. »Jeder riecht nach sich und sonst nach nichts!«

»Nach was rieche ich?«

»Etwas nach russischem Leder und ein bißchen nach Wolf und Muskat –« Sie schnupperte weiter. »Wurzelholz, Tabak. Nach Gras nahe am Wasser. Eigentlich nach Hitze und Wut!«

»Na sowas!«

»Ich hatte einen Freund«, gestand sie, »der roch wie die Bibel!«

»Wieso?«

»Da war eine Mischung von Parfüm und eigenem Körpergeruch. Rauch und Myrrhen und Öl und Moschus. Ich war Potiphars Weib und er der Joseph!« – Sie hatte ihren Wagen dabei.

Wir rasten bis nach Manfredonia hinunter und zurück. Sie fragte nicht nach meiner Adresse. Ich sah sie nicht mehr. Wir waren zwei Tiere, die der Trieb zuammengetrudelt hatte und das Abebben der Lust auseinanderwehte.

8.

Ende September Phloxgeruch

Babsi war am Apparat.

»Du kannst zu Konradin kommen!«

Sabina: »Aber er will mich doch nicht sehen! Weder mich noch seinen Vater!«

Babsi: »Er erkennt niemanden mehr!«

Wortlos legte Sabina auf, schlüpfte in Straßenschuhe, eine leichte Jacke und verließ das Haus.

Babsi geleitete sie durch die Wohnung auf einen breiten Balkon, zu der Babsi Terrasse sagte.

Ende September. Die Schweigsamkeit der Gegenstände und Luft, die sie einatmete, schlich Sabina an. Zwischen den Kronen der Bäume blitzte sattes Blau, ein fast noch grünes Blatt taumelte, von einer unsichtbaren Hand gebrochen, zu Boden. Der Geruch nach Phlox stand wie Abschied über dem mäßigen Viereck.

Konradin sah ihr entgegen, doch sogleich wußte Sabina, daß sein Blick durch sie hindurchging.

Babsi schob ihr einen Stuhl hin. Sabina nahm Platz.

»Konradin!« Sie bewegte kaum die Lippen.

Konradin sah weiter durch sie hindurch. Seine Linke tappte unmerklich auf der Decke, die man über seine Knie gebreitet hatte. Man mußte mit der Cortisontherapie aufgehört haben. Er war austherapiert. Sein Gesicht war das eines bleichen, traurigen Jungen. Das Leben ein Tag. Das Universum ein Stein in der Hand. Wahrheit und Lüge eins. Alle Formeln vergangen, wie man Kreide von der Tafel löschte. Bei näherem Hinsehen bemerkte Sabina, daß das Lid tief über das rechte Auge hing. Die Lähmung war in der Zwischenzeit weiter vorgeschritten. Die Rechte lag leblos wie ein fremder Gegenstand in seinem Schoß.

»Er hört auch nicht mehr!« klärte Babsi Sabina mit monotoner Stimme weiter auf. »Der Arzt meint, es wäre die – die letzte – Phase. Morgen oder –« Sie drehte das Gesicht von Sabina weg.

»Wo ist das Kind?«

»Im Kindergarten! Ich hole es!« Sie verließ die Terrasse.

Sabina rückte näher an den Rollstuhl, tastete nach der Linken Konradins und legte sie an ihre Wange.

»Mehr kann ich nicht tun!« wisperte sie. Sie wollte schreien, mit den Füßen schlagen, sich am Boden wälzen, Gott verfluchen. Stattdessen hielt sie weiter die Linke des Sohnes, in der noch schwaches Leben tickte, den Geruch von Phlox in der Nase. Woher kam er? Das blitzende Blau im Hintergrund tat ihren Augen weh. Als sie eine halbe Stunde später auf die Straße trat, war ihr alles fremd geworden. Sie schaute um sich. Nichts mehr so wie vorher. Das Kleid Trauer würde ihr Kleid werden. Das Kleid, in dem sie zugleich fror und schwitzte. Ein Bettlerkleid und ein Faltenwurf, der sie groß und tragisch machte.

9.

Der neue Schenke

Eines Tages stand ein neuer Schenke, ein Schankbursch, der gewöhnlich auch die Gassenschenke bediente, hinterm immer nassen Tresen »Mutti Bräus«. Alle, die in der Gaststube saßen und ihr Menü vereinnahmten oder an ihrem Bier zogen, starrten ihn gebannt an. Schön wie ein ganz junger Gatsby. Er hatte die grüne Schürze der Schenkkellner um, obwohl sie nicht zu ihm paßte. Andererseits mochte er anhaben was er wollte, er leuchtete aus allem Schäbigen heraus wie ein in den Staub gefallener Brillant. Ziemlich stümperhaft hantierte er an Hahn und Bierkrügen herum und stellte die Gläser zu früh weg, so daß es tropf, tropf auf die blitzende Chromplatte machte.

Friedemann Beisack bewegte sich wie träumend auf ihn zu, lehnte ans dunkle Holz der Barriere und versenkte sich stumm in seinen Anblick.

»Bitte einen Grappa!«

Der Neue sah ihn sanft wie eine Taube an.

»Grappa? Was ist das?«

Friedemann staunte. Der Neue mußte total fremd im Gewerbe sein. Er deutete auf das Regal im Rücken des schönen Schenken.

»Da, Grappa!«

Der schöne Schenke lächelte – ein Mädchen, das man beim Naschen erwischt hatte. Friedemann saugte es auf, wie man Tropfen alten Weines aufsaugte.

57

»Wie heißt du?« wollte er wissen.

»Ari!«

»Ari, Ari! Bist du ein Israeli?«

»Ariston!« ergänzte der Gefragte. Soviel Friedemann mitbekam, hatte er blaue Augen und die Nase wie sein Name.

»Grieche?«

»Ja! Aus Saloniki!«

»Ach schau!« tat Friedemann, den Blick nicht von dem Neuen lassend. Eine Ahnung von kommenden Ereignissen hielt Einzug in ihm. Er kippte den Grappa, den ihm Ari mit schlanken, weißen Fingern eingeschenkt hatte, hinab. Gern hätte er ihn berührt, wie man ein junges Tier berührt. Einen weichen, wolligen Welpen, eine kleine Katze, der von der Mutter das Fell glatt geleckt worden war.

Zu vorgerückter Stunde wünschte man von Ari einen Sirtaki. Man warf sogar den altmodischen Recorder an. Ari begab sich in die Mitte der Wirtsstube, hob die Arme nach den Seiten, tat zwei Schritte im Viervierteltakt nach rechts, zwei nach links – als er stillstand, stürmte Paul vom Feuilleton der Zeitung, für die Friedemann knipste, auf ihn zu und küßte ihn. Alles klatschte. Übrigens zählte man Paul wie Wabo zu denen, die still und geduldig in sich hineingossen, was hineinging. Ab dem fünften Whisky verstand er die Sprache der Vögel und Fische sowie der grünen Eidechsen und goldenen Salamander und war im Bilde über alle Geheimnisse von Adam und Eva her. Zu später Stunde erhob er sich und steuerte seine Wohnung an und den Computer, an dem er für die Redaktion, die ihn ebenfalls als Säufer kannte, einen furiosen, grandiosen, phänomenalen, teuflischen Bericht über eine Vernissage tippte. Da war die Tänzerin, die in der Kommunalpolitik mitmischte wie die Lola Montez, da der Abt mit dem ledigen Kind, da der Wittelsbacher, der allen Damen die

Hand küßte, auch einer Kellnerin (dieser mehr aus Versehen) da der Habsburger, der beim Abschied sagte:»Gema a bisserl sterm!« – Paul war sich darüber im klaren, daß der zuständige Redakteur die Hälfte davon streichen würde. Aber die verbliebene Hälfte wäre, argumentierte Paul, immer noch zu gut für die Arschlöcher in dem Großraum. Im Lauf der Jahre war er zu der Erkenntnis gelangt, daß nur der Alkohol das Genie ausmachte. Und er ließ sich auf den Stuhl fallen und breitete die Hände über den Computer und machte die Finger zu Zauberstäben, die Sätze zauberten wie Säulen, wie lächelnde Warane, spiegelnde Teiche, Meere voller bunter Fische, Kraken, Rochen, Quallen, Korallen. Und am Horizont hob sich die Insel der allerschönsten Sätze, teuflisch lieblich, daß er, Paul, davor zurückwich wie vor einem Großscheinwerfer, der ihn aus dem Dunkel heraus wie ein Blitz traf. Entrückt ließ er die Finger über den Tasten spielen und schweben, verhalten und herunterfallen. Er war groß. Ein Großkönig der Wörter. Ein Harun al Raschid im Reich der Phantasie, in den Straßen und Gassen, auf den Plätzen, in den Palästen, die keine Namen und Daten, keine Steine und Mauern, Nummern und Stimmen hatten.

10

Durch die Nacht

Irgendwann nahm sich Wabo vor, von seiner Alkoholabhängigkeit zu lassen. Er hatte das Mädchen Romana kennengelernt, eine aus Kärnten, die Zahnheilkunde studierte, mit schönen dunklen Haaren, breiten weißen Zähnen, die sie zweimal des Tages putzte, grünen Augen und einem bemerkenswerten Busen, der unter selbstgestrickten, weiten Pullis sein Wesen trieb. Sie gab sich das Versprechen, ihn so weit zu bringen, daß er weder Whisky noch Bier mehr anrührte.

Verliebt gedachte er aller dieser Vorzüge, eingeschlossen ihrer weichen Hände, auf die sich ihre potentiellen Patienten schon jetzt freuen konnten, und konsumierte statt Bier oder Whisky Kaffee, Tee oder Mineralwasser der gängigen Sorten, wenn er mit ihr bei »Mutti Bräu« oder in anderen Gaststätten aufkreuzte. Sie lehrte ihn die Tänze der Jahreszeit und trieb ihn zu Festivals, obgleich er die nicht ausstehen konnte.

Die erste Woche gestaltete sich im ganzen durchaus erfreulich. Er stand früher auf als sonst, machte Kniebeugen am offenen Fenster, zu denen sie ihm geraten hatte, beehrte die Hörsäle mit seiner Anwesenheit und versah den Kalender mit Kreuzchen, was bedeutete, daß er seinem Vorsatz, abstinent zu bleiben, bis dato nachgekommen sei. Romana schaute, weilte sie in seinem Zimmer, in herumstehende Gläser und Flaschen, ließ ihn den Mund öffnen, daß sie zwischen seinen Zähnen herumschnuppern konnte, kramte auch in Schrank und Kommode nach verdächtigem Gut. Sie schlang die Arme um seinen Hals, um Vergebung für ihr unwürdiges Tun bittend, und drückte ihren Busen an sein Hemd.

In der zweiten Woche überfiel Wabo eine fatale innere Unrast. Er schlüpfte in Jacke und Schuhe und strich an den Kneipen vorbei, das fröhliche Volk darin zechen sehend. Er trabte durch den Park, erklomm den kleinen Hügel, dessen Spitze ein Säulentempelchen krönte, setzte sich auf eine der umlaufenden Treppenstufen und guckte auf die Wolkenkratzer und Häuser, Ministerien und Denkmäler, Museen und Kirchen, die hinter den Bäumen aufwuchsen. Als er nach einer Zigarette kramte, kam ihm in den Sinn, daß Romana auch gegen dieses unausgesetzte Gequalme etwas hatte. Er zog die Hand zurück und stierte in die Luft hinaus, in der Vögel ihre Schwingen rührten. Zu seinen Füßen spazierten völlig nackte Männlein und Weiblein umher, standen in Gruppen beisammen, spielten Haschen oder lagen einfach am Bach im grünen Gras, bestaunt von Anatoliern und Senegalesen. Wabo betrachtete die höchst unterschiedlich geformten Brüste der Mädchen und konstatierte, daß an Romanas edle Exemplare keine heranreichten. Seufzend versuchte er, sich auf eine Prüfung zu konzentrieren, die anstand. Eigentlich hatte solches Vorhaben nach einem ordentlichen Schluck aus dem Glas immer Glück gebracht. Nachdenklich sah er auf seine Hände herab, die, obwohl er seit acht Tagen keinen Tropfen mehr hinuntergelassen hatte, immer noch bebten. – Romana war dafür, daß er Sport treiben solle. Tennis, Schwimmen, Wandern. Gehorsam packte er vorerst mal Schläger und Bälle ein und steuerte seinen Vereinsplatz an, der ihn seit Ewigkeiten nicht mehr gesehen hatte. Romana mußte feststellen, daß Wabo keinerlei Kondition mehr vorzuweisen imstande war. Nach Luft japsend verharrte er mitten im Feld oder nahe am Netz, sich daran abzustützen versuchend.

Romana maß ihn befremdet. Wabo raffte sich auf. Der Schweiß rann ihm in Strömen über Gesicht, Brust und Rücken. Seine Hände flatterten wie Lerchenflügel überm Acker. – »Wir wollen es mit Schwimmen probieren!« bestimmte Romana. Sie vereinbarten einen Termin und trennten sich am großen Platz. Wabo trottete zur stillen Straße, in der »Mutti Bräu« lag, trat ein, verfügte sich zur Theke und ließ sich ein großes Bier einbrausen. Er setzte an, trank; in seine Augen kehrte die alte, still fröhliche Gelassenheit ein. Er zahlte und ging. Auf dem Weg nach Hause erstand er in einer Weinhandlung einen Zweiliterballon Kremser und suchte mit dem Schatz sein Zimmer auf. Dort schenkte er ein hohes Glas bis an den Rand voll, hob es zu Augenhöhe, versenkte sich innig in seinen Anblick und leerte es.

Die Klingel schrillte. Nach kurzem Stimmenschwall auf dem Korridor tat sich die Tür auf. Romana wurde sichtbar. Wortlos maß sie Wabo und seine Flasche.

Wabo trank schweigend weiter.

»Ich habe es geahnt!« zischte sie. »Schwächling!«

Wabo nickte düster. Er wollte sich nicht besser machen, als er war. Romana näherte sich, ergriff den Ballon und kippte ihn in das Waschbecken. Wabo schrie auf, als habe wieder jemand den Untergang des Abendlandes prophezeit. Er blieb unschlüssig vor ihr stehen, schüttelte den Kopf und hob eine Sprudelflasche an den Mund. Da es sich beim Inhalt um eine öde, lauwarme Angelegenheit handelte, ließ er das Gefäß nach dem ersten Schluck fahren und hockte sich aufs Bett. Das Weinen Romanas erstarb. Sie nahm neben ihm Platz.

»Ich liebe dich doch!« jammerte sie.

»Ich dich doch auch!«

»Weshalb kannst du nicht ein bißchen stark sein?«

»Tja!« machte Wabo. Unglücklich sah er vor sich hin.

Romana drückte ihn nieder. Sein Kopf geriet an ihren Busen, ihre Hände eröffneten das Spiel, das ihn heiß wie einen Porzellanofen werden ließ. Erregt atmend wartete Romana auf das steife Ding, das für alle Kümmernisse auf Erden verantwortlich zeichnete. Doch erreichte es nicht die Dimension, die für den anstehenden Akt nötig gewesen wäre. Schließlich fielen beide in einen nervösen Schlaf, in dem Wabo konvulsivisch mit Armen und Beinen zuckte und vibrierte, während Romana eigenartige Krämpfe heimsuchten.

Mitten in der Nacht erwachte Wabo. Um sich tastend fand er die Stelle, an der Romana gelegen, leer. Er rappelte sich hoch, machte Licht, zog Hemd und Hose über. – Bei »Mutti Bräu« hielten sich noch Gäste auf. Wabo schlich mit angezogenen Schultern vorbei. Vom breiten Boulevard kam Getöse. Er hielt die Richtung dahin und kam in die City und trottete zum Bahnhof. Seine Knie zitterten, er stand unschlüssig da. Auf einem Wagen wurden belegte Brote, Orange-Juice, Würstchen auf Papptellern angeboten. Ein Hund mit grauem Fell sah ihn fragend an. Ein junger Mensch in Khaki, einen Big-Bag auf dem Rücken, wartete auf einen Kumpel aus Djakarta. Zwei Mädchen umarmten sich. Leder und Schweiß, Bouillon und Senf, kalte Asche und kaltes Schmieröl. Alle Gerüche, die mit Menschen zu tun hatten, mischten sich durcheinander.

Wabo stierte angestrengt auf eine der riesigen, elektrischen Uhren, als erwartete er jemanden heiß Ersehnten. Kofferroller polterten über Betonschwellen. Von den Lokomotiven kamen metallene Geräusche. Rangierer gingen an den Wagen entlang und schlugen mit Hämmern auf Achsen. Zwei Jungens sprachen englisch mit einem absonderlichen Akzent. Ein braunhäutiges Paar, klein, mit zartem Knochengerüst, redete in einer gänzlich unbekannten Sprache. Ein Bahnpolizist kam näher, maß

Wabo abschätzend. Handelte es sich um einen Stricher oder Dealer?

»Ihren Ausweis bitte!«

Ein Baby schrie auf dem Arm der Mutter. Sie drückte es an sich. Der Vater ging mit zwei Koffern daneben, den Hut in die Stirn zurückgeschoben.

Wabo zeigte ein Papier von der Uni. Irgendeinen Praktikantenschein. Das Baby schrie weiter auf dem Arm der Mutter. Der Vater schrie zurück. Die Mutter machte ein unglückliches Gesicht. In einer Stunde würden sie in eine andere Stadt, in einen anderen Kontinent weiterreisen.

Wabo wandte sich dem Ausgang zu. Jemand setzte sich an seine Fersen. Vielleicht war er ein Kellner oder ein Abzocker, der einen Blöden suchte. Ein schwacher Dunst nach Nikotin und Branntwein streifte ihn. Apfel- oder Birnenschnaps. Etwas in Wabo wurde sanft und friedlich. Er dachte an ein Landschulheim im Fränkischen mit süß-fadem Birnenduft von alten, moosverkrusteten Bäumen herunter, dem Bienengesumm und unbestimmtem Rauschen.

»Allein unterwegs?« warf der Mann hin, der jetzt neben ihn gerückt war. Langsam rollte eine motorisierte Streife auf dem ölgetränkten Asphalt vorbei. Der Wachtmeister sah unlustig auf die beiden Männer.

»Hast keine Bleibe?« fuhr der Mann neben Wabo fort. Er steckte in schlappen Kordhosen und einem ebenso schlappen Blazer.

»Weißt du nicht, wohin?« fuhr er fort. Sein Lächeln stieß Wabo ab. Er wußte keinen Grund dafür.

»Ich wohne nicht weit! Du gehst nicht gern heim, was? Hast ein mieses Zuhause, was? Kenne ich! Ich habe Bier und was zu essen! Auch ein Sofa! Mit mir kann man reden! Ich heiße Hugo!«

Die Streife bog um die nächste Ecke. Noch einmal sah der Beifahrer unlustig zu den zwei Männern hin. Sie gingen jetzt nebeneinander. Die Luft hatte keine Frische mehr. Die Bäume in der Mitte der Fahrbahn ließen die Blätter hängen.

Der Mann neben Wabo machte vor einem alten, zerschrammten Haus halt. Das ganze Areal bestand aus betagten, vom Krieg mitgenommenen und restaurierten Häusern. Ein schwarzer, feucht riechender Flur schluckte sie. – Eilfertig betätigte Hugo den Lichtschalter. Mochte er ihn, Wabo, bevor sie beide zur Treppe gelangten, am Hals greifen, zudrücken?

In Windungen führte die schwarz ölige Holzstiege nach oben. In den Ecken ballte sich flockiger Staub. Zertretene Zigarettenstummel lagen hier und da. Hugo sperrte abermals eine Tür auf und knipste Licht an.

»Na also!« tat er. »Leg ab. Wir machen es uns gemütlich! Kannst hier bis zum Vormittag bleiben! Hier rein! Hier rechts. Setz dich. Nimm Platz! Bist ja ein dünner Kasper! Die einen haben zu wenig, die anderen zu viel! Nie die einzige Gerechtigkeit! Da guckst du, was? Ich war Präparator! Alles selber gemacht! – Ich bringe Bier, Wurst, Brot! Haben alles! Dieser rote Kakadu ist von einer Dame, die starb, bevor er ausgestopft war!«

Hugo entfernte sich. Das Zimmer roch stark nach Naphtalin. An den Wänden schwebten auf hölzernen Pfosten und abgesägten Ästen alle möglichen Tiere, vor allem Vögel. Aber auch ein Fuchs, Kleinhunde, ein Wiesel, ein Marder, eine Katze mit funkelnden grünen Augen.

Hugo kehrte mit den Dingen zurück, die er angekündigt hatte. Er breitete alles auf einem rohen Holztisch aus. In zwei blinde Wassergläser schenkte er aus einer Bierflasche, die er unter den Arm geklemmt gebracht hatte.

»Prost«, tat er Bescheid. Er schnitt mit einem derben, spitzen

Messer Brot und Wurst ab und legte Wabo vor. Dieser schüttete unvermittelt das Glas Bier hinab.

»Gut, daß ich kein Vogel bin!« sagte er, das Glas absetzend.

»Haha!« lachte Hugo.

»Heißt du tatsächlich Heidenblut?« wollte Wabo wissen. Er hatte das Schild an der Tür bemerkt.

»Genau!« nickte Hugo kauend. Seine fahle Gesichtsfarbe trat unter der mißlichen Beleuchtung stärker hervor. Mit einem bläulichen Film drüber. Seine Zähne waren nicht die besten. Möglicherweise trug er alles, was er verdiente, in seine Stammkneipe und für den Zahnarzt blieb null.

Wabo griff zu, obwohl er keinen Hunger verspürte, und goß vorsorglich vom Bier nach, weiter die Tiere an den Wänden musternd. Über einem ungemachten Bett hockte eine Wildkatze mit grauem, schon räudigem Fell und hellgrünen, schmalgeschlitzten Lichtern.

»Die Augen sind aus Glas!« erläuterte Hugo. »Manche fürchten sich hier. Wahrscheinlich, weil ich so vorzüglich arbeite. Ich bin ein anerkannter Meister in meinem Fach. Das habe ich schriftlich. Willst du es sehen?« Hugo erhob sich. Wabo schüttelte den Kopf, ein drittes Glas vollschenkend.

»Daß ich dich noch nie gesehen habe?« Hugo dachte offensichtlich darüber nach. »Wohnst du in der Nähe?«

»Nicht gerade!« Wabo versuchte, das Zittern seiner Hände zu unterdrücken.

»Schmeckt die Wurst?« wollte Hugo wissen.

»Ja!«

»Ich hole sie von draußen. Magst du noch Bier? Trink! Einmal war ein Kind hier, das brüllte sofort los, als es die Tiere an den Wänden sah. Glaubte, die würden runterspringen – oder flattern und es zerfleischen! Haha! Magst du noch von der Wurst?

Habe ich dich nicht doch schon mal gesehn? Vorgestern war an der Ecke ein Unfall. Da war so einer gestanden wie du! Hatte einen weißen Blazer an. Warst du das?«

»Nein!« – Der Moment kam. Wabo hatte im Gesicht seines Gegenübers gelesen, was er wissen wollte. Hugo schob sich hinter dem Tisch vor, fummelte an sich, brachte ein langes, graues Ding ans Licht.

»Also du kannst bleiben, so lang du magst!« Hugo hielt seinen Zebedäus in der Linken. Wabo leerte das Glas, erhob sich und verabreichte dem anderen eine riesige Maulschelle. Hugos Mund ging vor Verblüffung weit und rund wie ein Fischmaul auf. Wabo verließ die Wohnung, das Viertel. Der Himmel klar, ein leichter Südwind trieb Wabo nach Norden. Er kannte da eine Kneipe, die im Morgengrauen öffnete. An der Theke wies er auf eine Flasche Haig im Rücken des Schankburschen.

»Doppelt!« forderte er.

Welt, Leben, Trinken, Wahrheit, Lüge, Sinn oder Nicht-Sinn.

Wabo trank mit geschlossenen Augen. Der allertiefste Sinn alles Lebens, auch der unbelebten Materie, schwappte auf ihn zu, er ging unter in der grandiosen Erkenntnis, er wollte weinen vor Ergriffenheit und Trauer zugleich, daß er dieses Wissen, diese fabelhafte Schau nicht hinausschreien konnte. Auserwählt war er, heimlich gekrönt und gesalbt in einem Reich, unermeßlich und an keine Grenzen stoßend, hell und dunkel zugleich, laut und leise, weich und hart, mit Glockenläuten und Chören, auch Jazz dazwischen. Und möglicherweise Ravels »Bolero«. Den mochte er, Wabo.

11

Bei »Mutti Bräu«

Man sah Friedemann Beisack öfter denn je bei »Mutti Bräu«. Ari – Friedemann nannte ihn bei vollem Namen Ariston – brachte ihm Grappa, Ouzo, Raki, was dasselbe auf türkisch hieß, Whisky an den Tisch, oder Friedemann nahm am Tresen Platz.

Mutti Bräu zeigte ein etwas unzufriedenes Gesicht, was Friedemann nicht entging, und er hütete sich, seine Gefühle für Ariston offen zur Schau zu tragen.

Eines späten Nachmittags suchte er die Herrentoilette auf. Die Spülung bedienend, trat er in den Waschraum. Der Atem stand ihm still. Vor einem der Spiegel postierte sich Ariston.

Fast ohne zu wissen, was er tat, umfaßte er den anderen sanft, doch besitzergreifend. Ariston drehte sich ihm zu. Friedemann hatte das Gesicht, das eines ganz jungen Gatsby, dicht vor Augen. Er preßte ihn an sich. Seine Zähne gruben sich in die Lippen des Jungen. Fast besinnungslos vor Entzücken spürte er eine Härte an seine Schenkel klopfen. Er würde, ja, er würde eine Serie von Aufnahmen von diesem Jungen machen. Ari hinterm Tresen, Ari vor der Tür, in die Sonne blinzelnd, Ari, ein Bier kredenzend. Ari im Schummer der Wirtsstube wie die blaue Blume der Poesie. Als Friedemann abrupt von ihm ließ, tat Ari etwas Seltsames. Er machte auf Stirn, Kinn und Brust das Kreuzzeichen und küßte anschließend ein goldenes Medaillon, das er in einem feinen Kettchen um den weißen Hals trug. Sein Lächeln war das einer Taube, die lächeln konnte.

Alban hatte sich eine Freundin zugelegt. Eine mit langen, blondgefärbten Haaren. – Alle Mädchen färbten sich die Haare blond, und da die Chemie immer bessere und ungefährlichere Produkte, was Blondieren anbelangte, auf den Markt warf, wirkte das Helle, Weizengoldene, Nordische so überzeugend, daß ein Geschlecht von blonden Wikingerinnen, unbesorgt um Volumen und Stabilität der Pracht, auf Straßen und in U-Bahnen zugange war. Alban legte in die Spezialkamera einen neuen Film ein. Ulla hatte zu verstehen gegeben, daß sie zur Verfügung stünde, falls man sie zu Aufnahmen für einen Bildband benötigte. Möglicherweise würde sie so in die Unsterblichkeit eingehen (hoffte sie).

Alban hatte vor, mit nur einer einzigen Lichtquelle, einer Kerze, zu arbeiten. Er wußte, wo und wie Konturen aus dem Nichts hervortraten, ein Schenkel, ein Busen, ein Männerarm sich um Frauenhüften legte.

Seine schwarzweißen Bilder knisterten vor Erotik, einem Teil des Mysteriums Eros – Kosmos. Explodierende Sterne, Welten, Meteoriten, die sich in den weichen Leib der Erde bohrten. Ein Orgasmus von infernalischen Ausmaßen. Über den Text würde man sich noch absprechen.

Auf alles, was er, Alban, vorbereitete, auf den Weg brachte, in den Griff zu bekommen suchte, fiel der Schatten Konradins, und Alban wußte, daß dieser Schatten, manchmal schwarz wie eine Kaaba, manchmal von einer Aura wie ein Regenbogen umgeben, immer in seinem Blickfeld stehen würde. Ohne Frage und Antwort, ein Stein gefüllt mit Lava, ein Mal, das stumm redete. – »Wir werden«, überlegte Alban, »wir werden dir was Anstößiges verpassen! Schwarz, mit breiten Trägern. Und ein Medaillon auf der Brust, ebenfalls schwarz. – Irgendwo im Raum ein Fetisch. Ich habe da was Afrikanisches –«

Er dachte nach und nickte wie einer, der Angst hatte, das

Schweigen könnte, wenn er aufhörte zu reden, wie ein schwarzer Drache von irgendeiner Höhe herab auf ihn fallen.

Übrigens dauerte das Verhältnis mit Ulla nur einige Wochen. Albans Hände, die nach dem weichen, weißen, klopfenden Leben greifen wollten, fielen herab. Die Lust brach wie morsche Materie ein. Er nahm fast nicht wahr, daß die, die Ulla hieß, sich von ihm zurückzog, Verabredungen nicht einhielt, ganz wegblieb. Er, Alban, dachte nicht darüber nach, weshalb alles so war und sich so abspielte. Die Lust in ihm schlief ein wie einer einschläft, der endlos gegangen war. Auf und ab, kreuz und quer, nach rechts, nach links.

Alban ging zu »Mutti Bräu«. In einer abseitigen Ecke saß Friedemann Beisack und sortierte Fotos.

Seit kurzem hielt sich an Friedemanns Seite ein Weib, dem er bei »Mutti Bräu« schon mal einen Kognak spendierte oder es in seine Zigarettenschachtel langen ließ. Solche Zweisamkeiten währten gewöhnlich nur kurz, und alle, die Friedemann so aufzureißen pflegte, glichen sich auf fatale Weise. Ihre Haare rollten in Friseurlocken in den Nacken, die Brauen mit dem Fettstift nachgezogen; die Garderobe raschelte und knisterte, an den Ohren und ums Handgelenk schaukelte Simili-Schmuck. Wo war Ariston, genannt Ari, geblieben? Mutti Bräu wirtschaftete mißmutig an Hahn und Spüle. Alban war davon unterrichtet, daß auch Friedemann unschöne Dinge bei Kriegsende durchstehen hatte müssen. Wäre er als Texter so gewandt gewesen wie mit seiner Polaroid 680 SE, hätte er alles schon längst zu Papier gebracht und Honorare von Verlegern eingeheimst. –

Im Gegensatz zu Alban achtete Friedemann wenig auf sein Äußeres. Die Nickelbrille stammte von Woolworth (auch das Hemd). Darüber spiegelte seine Glatze mehr und mehr wie die

Nickelbrille. Bemerkenswerterweise lief der Haarkranz in einen grauen, glanzlosen Zopf aus, den ein schwarzes Band zusammenhielt. In seinen Fotos verstand Friedemann es, den Gesichtern mittels geschickter Verteilung von Licht und Schatten Tiefe und Bedeutung zu geben, die sie in Wirklichkeit nicht hatten. Deshalb freuten sich Kameramänner, Schauspieler, Regisseure, Star-Anwälte über ihre in der Zeitung veröffentlichten Fotos von ihm.

Alban gedachte, Friedemann mit seinem Band über »Eros-Kosmos« total die Schau zu stehlen. Trotz seines Alters von über siebzig Jahren bereitete ihm diese Vorstellung Vergnügen.

Andererseits hatte er die Gewohnheit angenommen, vieles von seiner persönlichen Habe zu verschenken. Zweitkameras, Bücher, reinseidene Krawatten, teure Souvenirs von überallher.

Seit Konradins Tod hatten sich die Dimensionen verschoben, die Größenordnungen verändert. Das bunte Volk an den Tischen Mutti Bräus rückte ihm fern. Seine Probleme rührten nicht mehr an ihn. Blaß und faltig, ohne Schminke namenlos, schlürften sie ihre Gulaschsuppe oder ihren Espresso, Höhen und Tiefen ihrer Stimmungsbarometer schutzlos ausgeliefert.

Alban wußte, daß Konradin in der letzten Silvesternacht seines Lebens im Elternhaus »Mutti Bräu« aufgesucht hatte. Über den genauen Ablauf dieses Besuches rätselten er und auch Sabina. Insbesondere über das kurze, schemenhafte Auftauchen Konradins im Anschluß daran in der Wohnung.

»Soviel ich mich erinnere«, begann Friedemann Beisack zum Erstaunen Albans, »hat Konradin viel von dir! Ja, die Nase, die Augen —«

»Kanntest du ihn denn so genau?«

»Ein Fotograf ist sowas wie ein Maler!« belehrte Friedemann den Frager, die Brauen hebend. »Er war ein schöner Junge! Wenn ich nicht irre, kreuzte er an einem Silvesterabend hier auf. Wir saßen an einem Tisch. Ich erzählte alte Geschichten. Die Leute wollten sie hören. Es ging um die letzten Kriegstage, in denen ich mit meinem Zug in russische Hände geriet. Wir waren ja noch Kinder. Achtzehn, sogar siebzehn Jahre jung!«

»Ach so!« machte Alban ziemlich töricht.

»Die Russen«, fuhr Friedemann fort, »trieben uns an einem Waldrand zusammen. MGs wurden in Stellung gebracht. ›Warum seid ihr so blaß, Kameraden?‹ – Ich sagte das, fast ohne zu wissen, was ich sagte. Ich trat vor die Truppe, schlug den Rock zurück. Die letzte Gelegenheit, als Held zu sterben!« Friedemann kicherte. »Schüsse fielen. Ein Jeep preschte daher. Das war unsere Rettung. Wir hörten englische Kommandos. Ich lag lange im Lazarett.«

Paul von der Feuilletonredaktion leerte am Nebentisch Glas um Glas und notierte, was er soeben gehört hatte:

»Warum seid ihr so blaß, Kameraden?« Er konnte mit dem Satz wenig anfangen, denn er zählte knapp dreißig Jahre und hatte noch nie einen Toten gesehen, geschweige einen Helden, der vor den Zug trat und den Rock vor feindlichen MGs aufknöpfte. Aber er würde sich den Beisack mal zur Brust nehmen.

Paul ließ sich von der Kellnerin Gusti noch ein Bier bringen. Schneller und schneller ließ er den Kugelschreiber übers Papier flitzen. Einen Aufhänger mußte er finden. Er würde es schaffen! Fünfspaltig! Und den optimalen Veröffentlichungstermin! –

»Warum seid ihr so blaß, Kameraden?« – Paul goß nach; der Satz gefiel ihm immer mehr. Möglicherweise würde man vom kompletten Text dies und jenes streichen. Aber das, was blieb, würde groß, grandios, sein. Paul war wieder der Märchenonkel, der Rauner und Reimer, Großkönig, neben dem alle anderen wie Schrumpfköpfe zusammenschnurrten. Immer flotter wischte der

Stift über das Schmierpapier, von dem er stets einen Packen bei sich trug und auf die Tische in Biergärten knallte, über sich die Sonnenkringel durch Laub fingernd. Das liebte er besonders. Aber auch Anlagenbänke suchte er auf, ließ den Blick über den See, eine Wiese, eine Baumgruppe schweifen und begann fabelhafte Sätze zu formulieren.

12.

Franz oder Tod in der Marktstraße

Gegen ein Uhr nachts erschreckte Friedemann das Telefon. Er hielt sich im Bad auf und verfügte sich zum Apparat. Eine fremde Stimme meldete sich:

»Möchten Sie zu Franz kommen? Er hat Ihren Namen und Ihre Telefonnummer neben dem Bett notiert!«

Friedemann hatte nur noch selten an diesen Franz gedacht. Er fragte sich, ob er der Bitte überhaupt nachkommen solle. Dann warf er den Mantel um und trollte sich ins Freie. In den Bars und Clubs saßen noch die oft handverlesenen Vielschwätzer. Der Lärmpegel drang heraus und bezog die Straße mit ein in die komischen Beziehungsrituale und Schreiausbrüche, die eine Leere beschwichtigen sollten. Ein Paar kam Friedemann entgegen, blieb abrupt stehen und gellte sich an. Der Mann holte aus und scheuerte dem Weib eine. Es trat mit dem Fuß nach ihm. Friedemann wechselte die Straßenseite.

Die Tür zu Franzens Bleibe stand offen. Insgeheim wunderte sich Friedemann, daß es noch dieselbe war. Oben drückte er die Klingel. Sie funktionierte nicht. Mit der Faust pochte er gegen das Holz. Das nämliche schmächtige Ding mit den silberweißen Brüstchen öffnete. Ihre nicht sehr üppigen, resedagrünen Haare sträubten sich über dem Kopf. Sie machte Augen wie eine junge Giraffe, der man die Mutter weggeschossen hatte.

»Ach du!« hauchte sie beim Anblick Friedemanns, als wäre sie schon mal im Gras unter ihm gelegen.

74

»Ich war«, fuhr sie im Flüsterton fort, »mit der Klasse weg!«
Sie steuerte vor ihm der Tür zu Franzens Gelaß zu. Ein weiteres
Mädchen verharrte regungslos zur Seite, mit einem Slip beklei-
det, die Haare anscheinend mit dem Rasiermesser gestutzt. Als
sich Friedemann an ihr vorbeischob, stieg ihm schwacher Geruch nach Blut in die Nase. Sie mußte ihre Tage haben. Unter
den jämmerlichen Haarstutzen waren Augen in tiefen, blau um-
schminkten Höhlen zu besichtigen. Friedemann nahm sich vor,
sie gelegentlich abzulichten.

Das dünne Ding stieß die Tür zurück. Ein Dunst schwappte
heraus, der Friedemann den Blutgeschmack hinter sich vergessen ließ.

»Wie ich zurück war, fand ich ihn!« flüsterte Gila und strich
sich das resedagrüne Zeug aus dem Gesicht. Sie machte Licht.
Franz sah zu Friedemann hin, aber dieser wußte, daß hinter den
Augen nichts mehr tickte als die Ewigkeit mit der auf-
geschaufelten Grube.

Im selben Moment kam die Stimme aus dem schwarzen Loch
über dem Bett, die Friedemann noch im Gedächtnis geblieben
war. »Das ist ja stark! Der Gestank! Liegt da eine Ratte verreckt
irgendwo? Mach das Fenster auf!«

»Er muß schon drei Tage lang tot sein!« Gila, deren rachiti-
sche Brüstchen Friedemann kannte, hielt sich die Nase zu.

»Hast du einen Arzt verständigt?« fragte er. Sich näher schie-
bend, bemerkte er auf der Decke einen Notizblock. Der Kugelschreiber lag wie bei seinem ersten Besuch auf dem Boden. In
der großen, geraden Schrift, lang und dünn, wie Franz gewesen,
stand auf dem Papier »Scheiße!«

Friedemann drehte sich um. Die Kurzgestutzte mit dem Blutgeruch führte ihn zu einem Telefon, wo er den Notruf betätigte.
Dann trat er ins Treppenhaus, wo frische Luft durch ein offenes

Fenster hereinzog, und zündete sich eine Zigarette an. Es ging auf zwei Uhr morgens zu.

Die mit dem schwachen Blutgeruch verfolgte seine Bewegungen. »Hast du eine für mich?«

Friedemann hielt ihr die Packung hin und gab ihr auch Feuer dazu.

»In Wirklichkeit«, sagte sie, den Rauch gierig einsaugend und wieder hervorblasend, »ist es ein Mysterium!«

»Was?«

»Na, der Tod! Das Ende! Total aus! Eigentlich abstrakt. Etwas, was nicht sein kann. Besonders bei Franz! Er war ein Dichter!«

»Davon weiß ich gar nichts!« warf Friedemann ein.

»Er machte Gedichte!« nickte das Ding. »Sie wurden vorgetragen! Er wäre berühmt geworden!« Schweigend paffte sie weiter. Friedemann maß sie kurz.

»Ist dir nicht kalt?«

»Nö! Ich habe vor, mich total abzuhärten. Brutal! Höhlenforschung. Südfrankreich!«

Vor dem Haus quietschten Bremsen. Einer in weißem Kittel mit umgehängtem Stethoskop stürmte die Treppe hinauf. Hinter ihm einer in Uniform mit Schirmmütze. Durch das Stiegenhausfenster blinkte die blaue Funkanlage herein.

Als man Franz die Treppe hinunterschaffte, erschien Gila mit ihrem resedagrünen Schopf am Absatz.

»Jetzt bin ich ganz allein!« sagte sie. Ihre Augen von unbestimmter Farbe, beschattet von den grünen Haaren, glotzten durch Friedemann hindurch. –

Er suchte ein Café auf, das eine Lizenz für Frühöffnung besaß, und bestellte sich einen Mokka nebst Croissants. Der Kellner war ein Jugo, groß, massig, mürrisch, ein Christ, der an die

Deutsche Mark glaubte und sonst an nichts. Er hatte ja recht. Seine kräftigen, braunen, schwarz behaarten Arme konnte man unter den hochgekrempelten weißen Hemdsärmeln ungeniert bestaunen. Friedemann beschloß, von zu Haus die Kamera zu holen und auf dem großen, noch menschenleeren Boulevard zu fotografieren. Die Neons erloschen. Unter den Pappeln bauten die Händler ihre Obstkarren auf. Blumenfrauen ordneten die bunten Sträuße gefällig in Kübeln und Eimern, von der City her fiel ein erster, schräger Sonnenstrahl zwischen den Pappelstämmen und unteren Ästen auf alles. Friedemann betätigte hin und wieder den Auslöser. Es würden gute Bilder werden. Er setzte sich in ein Wirtshaus und zog ein Bier hinunter. Dann spürte er Hunger und bestellte Würstchen mit Kraut. Bedächtig biß er, knack, von den hellbraunen Dingern, kaute, beobachtete durch das Fenster das Leben, das sich vom Pflaster aufrichtete, den Tag anzufangen. Noch herrschte Zuversicht. *No problems!* Alles war noch auf zwei, drei Nenner zu bringen.

Friedemann trat auf die Straße, hob die Kamera, knipste von einem Obstkarren rote und gelbe Schoten, superrote, glänzend polierte Tomaten aus dem Mezzogiorno, knallgrüne Gurken von Holland, weiße, prall runde Rettiche, dunkelviolette Melanzani, und zwei Buben mit Ranzen auf dem Rücken, die zur Schule schnürten.

Zum Schluß fiel ihm noch etwas ein. Er lenkte den Schritt zum großen Walkingman hin, der, in die Kronen der Pappeln stierend, forsch die Füße setzte, links und rechts vom Grün des Laubes vom Krach des großen Boulevards umdröhnt. Wohin stürmte er, was war sein Auftrag und Ziel? Das Nimmerland, das Nirgendwo. – Und schau, auf dem Rückweg, er gähnte herzhaft, kam ihm Frau Karl entgegen, bunt gekleidet wie immer, in grasgrüner Bluse, eine ärmellose Jacke drübergezogen, rosa, dazu trug sie Jeans, unten ausgefranst. Friedemann grüßte, Frau Karl grüßte zurück. Sie schleppte eine Einkaufstasche voll Gemüse und wankte leicht unter dem Gewicht der kostbaren Güter. Irgendwann, ging es Friedemann durch den Sinn, würde er sie nicht mehr sehen. – Konnte sein, daß sie drei Wochen lang vorm noch laufenden Fernseher hockte, bis man sie fand und in den Sarg packte.

Er hob die Kamera und schoß ein vorzügliches Bild von ihr. In Farbe. Kurz sah sie zu ihm herüber und nickte, als wüßte sie Bescheid. Ja, wußte sie. Es war ihr nichts fremd. Sie hatte jede Erfahrung gemacht und hielt alle, die sich um sie herum bewegten, für fragwürdig.

13.

Sirtaki

An einem regenverhangenen Tag erlaubte sich Friedemann, nachdem er wundervolle Fotos abgeliefert hatte, in einer Frittenbude etwas, das nach nichts als nach Fett schmeckte, und schlug den Weg nach Haus ein. Kurz vor dem Eingang überholte ihn einer in Jeans und T-Shirt.

»Ariston!« entfuhr es ihm.

Sein Atem stand vor Freude still. Er hatte ihn schwer vermißt an Mutti Bräus Tresen. Aber alle, die so lebten wie er, wußten, daß das Leben aus endlosem Verschwinden und Weggehen bestand. Eine Umarmung, ein heißer Atem zwischen Dämmerung und Nacht, Drinks, das Greifen in die Gesäßtasche. Die einzige Sicherheit war die eigene Person und Identität. Das Ich, das aus Schilf und Sumpf und Kloake und Miasmen von Faulgerüchen ragte.

»Hallo!« gab Ariston mit seinem alten, sanften Lächeln von sich. Er trug das Hemd offen, sein Hals stieg weiß wie eine Säule, mit kaum erkennbarem Adamsapfel, aus den Schultern.

»Wohin bist du abgetaucht?« fragte Friedemann.

»Ich lebe am Tag, ich lebe in der Nacht! Mal da, mal dort!« gab Ariston Bescheid. Sein Lächeln ging über die Dinge und Gegenstände um sie beide hindurch wie Wasser durch Schilf. Allem Anschein nach war er über Saloniki hinausgewachsen. Ein Rohr im Wind der Zeiten und Völker, Kontinente und Dogmen.

Er folgte, als hätte man ihn gerufen, Friedemann ins Haus, nahm die Treppe, den Korridor. Im Zimmer blieb er stehen, als wartete er auf etwas. Einen Auftrag, eine Frage, einen Befehl. Friedemann verschloß die Tür. Ariston verfolgte die Bewegungen. Friedemann bot ihm Orange-Juice an. Artig nahm er das Glas in Empfang und nippte davon. Dann heftete er den Blick auf den Spender. Er war ein Kind, das Erwachsenen noch absolut vertraute. Sie waren Gott, Zeus, Jehova.

Friedemann legte die Arme um ihn und küßte ihn. Aristons Mund öffnete sich zu seinem Entzücken wie eine rosa Muschel, das weiche Innere preisgebend. Und wieder, wie auf der Männertoilette, spürte er Ariston unter seinem Kuß weich werden. Weich und hart und heiß zugleich.

Und da war er, der Bambus. Bewegte sich, richtete sich auf. Friedemanns Zähne schlugen in Aristons Lippen. Er wühlte sein Glied zwischen die anderen Schenkel, zog ihn zum Bett, zerrte die Jeans weg, den Slip, grub die Zähne wieder in das Lächeln. Ari hielt still, darauf wartend, was geschehen würde.

Als Friedemann alles, was er wollte, in beiden Händen hielt, seufzte Ari selig wie ein Kind, das die Flasche bekam. Friedemann vibrierte von seinem heftigen Herzschlag. Er wußte nicht mehr, ob die Sonne um die Erde kreiste oder umgekehrt. Der Orgasmus, den er hatte, grenzte an Verzweiflung.

Eine Viertelstunde später richtete er sich auf. Hinter seinem blanken Schädel kreiste ein Problem. Alles hatte seinen Preis. Sehnsucht, Verlangen, Zärtlichkeit, Lust, Erlösung, Schlaf, Erwachen.

Er wußte wieder, daß die Erde um die Sonne kreiste und kramte in der Gesäßtasche nach der Börse. Die Vergänglichkeit aller Lust, das Erwachen in das, was so·war und nicht anders – eine feste Größe.

Friedemann begegnete seinem Blick im Spiegel. Ja, das war er. So und nicht anders. Und alles würde von der Gesäßtasche her bereinigt werden.

Friedemann schenkte sich von seinem spanischen Brandy Solera ein und schüttete ihn hinab.

Ariston hatte einige Male zu vorgerückter Stunde bei »Mutti Bräu« allein, nur zu Händeklatschen, einen Sirtaki zum besten gegeben. Friedemann kramte in einer Schublade und legte eine Scheibe in den Recorder ein und schaltete. Der Rhythmus eines Sirtakis hob an. Der Vierviertel-Takt.

Friedemann sah Ariston aufmunternd an, in die Hände klatschend. Ariston hob die Arme, weiche, weiße, unbehaarte, mit sanft verlaufenden Muskeln, lang, schlank, doch kräftig. Sein Lächeln war seraphisch, die Bewegungen brachten Friedemann dem Wahnsinn nahe. Er trat herzu, hob ebenfalls die Arme, bewegte sich im Rhythmus des anderen, die Hände wie Vögel über sich flattern lassend. Als die Melodie verstummte, griff er nach dem Griechen.

14.

Die Melancholie nimmt überhand

Udo nahm ohne Eile die Treppe zur Wohnung. Er besaß einen Schlüssel, doch von unbemerktem Eintreten konnte keine Rede sein. Der Vater, Herr Zobel, würde zu gegebener Zeit auf die Uhr sehen, gleich ob vorm Fernseher oder hinter der Zeitung, und auf das Geräusch des sich im Schloß drehenden Schlüssels achten. Es konnte auch sein, daß Herr Zobel Punkt zwölf Uhr die Sperrkette vorlegte, daß jeder Zuspätkommende gezwungen war, auf den Klingelknopf zu drücken.

Herr Zobel erhob sich, glotzte auf die Uhr, wartete. Nach nochmaligem Blick auf den wertvollen, ererbten Zeitmesser begab er sich auf den Korridor und postierte sich zur Seite der Tür.

Udo drehte sehr leise das Stück Metall nach links und trat auf Zehenspitzen ein. Herr Zobel holte aus und knallte dem Sohn eine. Dieser taumelte, sich die Backe haltend. Dann sah er den Vater starr an.

»Paßt dir etwas nicht?«

Ohne zu antworten verschwand Udo in seinem Zimmer, wo er die Fäuste schüttelte und sie dann in den Mund steckte und drauf biß, daß es blutete. Der Tag würde kommen, an dem er ihn, Zobel – Udo nannte den Vater in Gedanken oft so –, niederstreckte wie ein Stück Vieh. Wie der Metzger die Sau. Wie der Jäger den tollwütigen Fuchs, den angreifenden Hund.

Udo haute sich in einen fürchterlich gemusterten Sessel, rot-grün, schmiß die Füße auf den Schreibtisch und stierte ein Loch in die Wand. Übrigens wußte auch Sabina von der Szene am Waldrand. Selbstverständlich. Alles, wie Konradin. Und mehr als einmal. Das Hervortreten Albans, nicht Friedemanns, vor den Haufen, das Rockaufknöpfen und das »Warum seid ihr so blaß, Kameraden?«.

Eine Frau indessen mußte nichts Heldisches in ihrem Wesen zeigen. Im Gegenteil. Ihr standen Schwäche und Tränen gut an.

Sabina leerte seit einigen Jahren, genau genommen seit dem Tod Konradins, jeden Abend ihre Flasche. Sie verfolgte das mähliche Schwererwerden des Kopfes, der Glieder wach und mit einer eigenen Art von Nüchternheit. Zugleich die Leichtigkeit und Sorglosigkeit, die von ihr Besitz ergriff. Es war ihr dann, als hielte das Schicksal noch etwas unter der Schürze verborgen, wie die Mutter ein Stück Schokolade oder süßes Marzipanbrot. Als käme noch ein Ereignis, bekränzt und mit Musik beschallt, den Fluß hergezogen. Glück, Ruhm, Reisen.

Regelmäßig suchte sie das Grab Konradins auf, hergerichtet wie »ein Kinderspielplatz«, mit Muscheln, blanken Steinen, Blumen, Bildern. – Ihr Verstand sagte ihr, indem sie seine Daten vom Granit ablas, daß alles vorbei war. Die Liebe verneinte sämtliche Fakten. Es durfte nicht sein trotz der Ahnung von dahinschmelzendem Fleisch, Augen, in denen fremdes Leben kroch, morschen Kleiderfetzen, Staub, Asche. Geburt ja; das war nach Zeugen und Wachsen im Mutterleib ein logischer Vorgang.

Als sie an einem Frühherbsttag vor dem sanften Hügel stand, sah sie zum erstenmal die Gestalt Konradins aus dem Nichts wachsen, wie sie es sich gewünscht hatte. Er trug Hemd und Pulli drüber, die Augen geschlossen. Aber er würde sie öffnen und sie ansehen. Das wußte sie. Eine dünne, hohe Glocke meldete sich. Zugleich erschien von der Aussegnungshalle her eine Gruppe dunkel gekleideter Menschen, einem länglichen, verhängten Gegenstand folgend, den einige in Grau uniformierte Männer auf einem Karren schoben.

Sabina hielt den Blick auf Konradin gerichtet. Das Läuten erstarb. Die dünne, helle Schicht, die das Blau und die Sonne verhängte, riß an einigen Stellen auf. Von den Nadelbäumen kam Waldgeruch, für den dieser Friedhof berühmt war. Graugänse rupften auf den umliegenden Wiesenflächen, in kleinen Kolonnen vorrückend, Gras und Löwenzahnblätter. Raben stolzierten quer über die Wege, die harten, klobigen, schwarzen Schnäbel gereckt. Konradin hatte sich in der Frühherbstluft wieder aufgelöst. Aber er würde wiederkommen. Sabina wandte sich vom Grab dem Weg zu. Das Trüpplein im Gefolge des Pfarrers und der Sargschieber wandelte, Blumen und Kränze schleppend, an ihr vorbei. Sabina faltete die Hände, den Kopf gesenkt. Sie wußte, was sich gehörte. Die schrille Glocke setzte wieder ein. Auf der nahen Ausfallpiste, die in die Berge lief, donnerten Laster irgendwohin. Sabina richtete das Auge vor sich hin. Sie zwang es, Konradins heißgeliebte Umrisse aus der blanken Luft auftauchen zu lassen. Und er kam. Stand da mit dem jungenhaften Lächeln, das Hemd offen, den noch weißen, kindlichen Hals zeigend.

»Hallo!« wisperte Sabina.

»Hallo!« gab Konradin zurück.

Aus Fredis Tagebuch:

»Eine stille, fast zusammenhängende, graurosa, rauchige Wolkenschicht breitet sich über der Stadt. Ich wundere mich, daß ich noch lebe und das Blut noch durch meine Adern schwappt. Trixi macht am offenen Fenster Kniebeugen. Ich zähle mit. Sie bringt es bis auf fünfzig. Ich sehe ihre vorgestreckten, langen, weißen Arme im großen Viereck, das die Ulme, die zwei Kastanien und die Pappel mit ihren Kronen beschatten. Sie bemerkt mich, wendet sich zum Fenster, taucht ab. Das Telefon meldet sich.

›Hier Trixi. Gehst mit mir joggen?‹

›Ja!‹

Ich fahre in die Turnschuhe, die mir am nächsten stehen und verlasse das Haus. Ich finde, daß es eine gute Idee von ihr war, mich zum Laufen einzuladen. Sie wartet vor der Tür. Der Mond tritt hinter Wolken hervor. Eine Katze wandert über den Fahrweg und verschwindet hinter einem Zaun. Wir winkeln die Arme an und traben los. Nicht zu schnell, ist eiserne Norm. Auf einer Bretterwand zur Linken Reklamebilder von glücklichen Deutschen, die alles besaßen, vor allem Coca Cola trägerweise.

Im Park warten wir den planmäßigen Bus ab. Drin in der Helle halten die Gäste die Arme über sich, in die Halter geklammert, als wären die der Strohhalm über dem Abgrund. Wir dringen in einen schmalen Gang ein. Trixis leises Atmen neben mir. Langsam fange ich an zu dampfen. ›Puh!‹ macht Trixi. Wir hauen uns auf eine Bank. Ihre Linke tastet zu mir, bleibt auf meinem Schenkel liegen. Ich könnte sie festhalten, ihre Finger in meine verstricken. Unschlüssig verharre ich in der lässigen Stellung.

›Magst zu mir hinauf?‹ läßt sich Trixi hören. ›Ich habe einen spanischen Sekt geschenkt bekommen! Ich deklamiere dir die ‚Elektra‘ von Giraudoux –‹

Ich springe auf, schleudere ihre Hand zurück.

›Was ist?‹ stottert Trixi.

›Nichts!‹ wehre ich ab. Vielmehr, sie sollte doch wissen, daß ich der Bruder Elektras bin, der Klytämnestra abschlachtet!

Ich wende mich dem Parkausgang zu. Wieder rauscht ein Bus vorbei. Trixi trippelt hinter mir.

›Kommst du jetzt mit zu mir oder nicht?‹

›Von mir aus!‹ Wir halten vor ihrer Haustür. In Wirklichkeit will ich ja weg von der Vorstellung, Orest zu sein.

Wir gehen einen langen, breiten, schwach erhellten Korridor entlang, als wäre es ein Krankenhaus. Und es roch auch so ähnlich.

›Ganz hinten!‹ bedeutete mir Trixi. ›Apartment hundertneunundvierzig!‹

Ein winziger, dunkler Korridor tut sich auf, danach ein Zimmer, die Wände voll mit Fotografien berühmter Filmschauspieler, auch Szenenbilder. Aus ›Macbeth‹, ›Faust‹, ›Die Katze auf dem heißen Blechdach‹. Ein Sofa mit jeder Menge Kissen, Stofftiere. Ich begebe mich ans Fenster und äuge durch die Bäume hinüber.

Trixi bringt ein Glas mit goldbrauner Flüssigkeit herbei. Dann fängt sie an, sich auszuziehen.

›Bitte nicht!‹

Trixi richtet sich auf. Sie muß etwas kurzsichtig sein, denn sie nähert ihr Gesicht dem meinen bis auf Zentimeter und betrachtet mich aufmerksam.

›Was ist mit dir?‹

›Ich weiß nicht!‹ Ich sehe Klytämnestras bleiches Gesicht mit den grünen Augen und den Haaren wie rote Weinblätter vor mir. Ich entsinne mich einiger Schandtaten nach den Stunden im Schrank. Mit der Schere hatte ich ein gehöriges Loch in die Tischdecke geschnitten, mich sodann in die Gardine geschneuzt, Geld geklaut, um Gummibärchen dafür zu kaufen.

Trixi enthüllt mit einem Ruck ihren Busen. Ich bin ganz Staunen. Das habe ich nicht erwartet. Süßlicher Maiglöckchenduft kommt als Flügelschlag zu mir. Ich falle in diese zwei Sahneäpfel. Meine Schläfen sind naß. Ich sauge alles ein, den Duft und das Weiß mit den rosigen Spitzen, und gebe mich sekundenlang der Vorstellung hin, den Rest des Lebens mit geschlossenen Augen inmitten dieser schimmernden, elastischen Massen zu verbringen. Klytämnestra und meinen Auftrag zu vergessen.

Die Türklingel geht.

Trixi stößt einen englischen Fluch aus.

Ich warte darauf, daß sie öffnet.

›Es ist Al. Einer aus der Schule. Er ist Hamlet, ich Ophelia!‹ Ich bin Orest.

›Ich gehe! Hast du ein Glas Wasser?‹

›Ich will aber nicht aufmachen!‹

›Doch doch! Du mußt!‹ Ich helfe ihr in den Pulli zurück. Sie schiebt sich zur Eingangstür.

Ich bin Orest, der einen Auftrag hat. Dieser Auftrag kommt vor Liebe oder Bumsen oder anderen Gefühlen. Ich kämpfe den Trieb in mir nieder, der mich in seine Pratzen genommen hat, und renne wieder dem Park zu. Auf dem Hauptweg ist wieder der Bus auf Fahrt. Ich renne und renne wie gepeitscht. Mal taucht Klytämnestras Gesicht vor mir auf, mal das Morsak-Ägisths, und ich nenne ihn, die Arme angewinkelt, mit allen Namen, die mir so einfallen: Alligator, Mamba, Coyote, Basilisk, und natürlich geile Sau und Hund und Hurenbock.

Den Rücken voll Dampf falle ich auf eine Bank. Ich schaue auf die Uhr. Mitternacht vorbei. Ich stampfe heim. Nach Schluß dieses Semesters werde ich nach Wien machen und meinen Auftrag ausführen! Eine Stimme ist in mir zugange, die mir den Auftrag gibt! Ich muß, ich muß! Ich bin Orest. Was Orest konnte, kann ich, Fredi, schon lange!«

Udo betrat die Küche, in der Vater und Mutter beim Frühstück saßen. Eine Küche mit Wohncharakter. Ein behagliches Refugium der Bürgerschicht, die Burg der Enkel Herrmanns des Cheruskers.

»Guten Morgen!« machte sich Udo bemerkbar. »Ich habe ein Appartement gemietet. Ziemlich weit von hier!«

Frau Zobel entfiel der Kaffeelöffel. Dann fing sie an zu zittern, was sie vergeblich zu verbergen suchte.

Herr Zobel setzte die Tasse ab. Er wurde bleich wie ein Bettuch, sodann lief er rot an.

»Die erste Miete ist schon erledigt!« fuhr Udo mit halber Stimme fort. »Von meinem Job im Kopierladen!«

Die Mutter zuckte und flatterte mit den Lidern. Herr Zobel setzte zum Sprechen an.

Udo freute sich dieses Tages wie ein Kind unterm Weihnachtsbaum. Für morgen stand die Abschlußprüfung als Taxifahrer auf dem Programm. Er würde irgendwann bei Mutti Bräu und einem Pils darüber nachdenken, was er anstelle Maschinenbau als Studienfach wählen könnte. Es würde ihm schon was einfallen.

»Wir werden ja sehen!« kam es von Herrn Zobel. Er entfaltete die Zeitung und verbarg sein Gesicht dahinter. Er gehörte noch zu der verflixten Generation von Vätern, die Zeus, Jehova, die absolute Allmacht verkörperte, deren Hand niedersauste, um zu strafen.

Liebe war nicht vorgesehen. Allerhöchstens Stolz auf Leistungen der Söhne, die sie gern als Ergebnis und Frucht ihrer eigenen Einsätze betrachteten.

Wabos Hände bebten beim Heben seines Bierglases stärker denn je; sein Gesicht verunstalteten rote Flecken, die Stirn glänzte kahl bis weit nach hinten. Er verschüttete beim Ansetzen des Glases einiges auf den blank gescheuerten Tisch, wovon er nichts merkte. Es hatte großartige Momente, Stunden, Abende, Nächte mit

Scotch und Unmengen Zigaretten gegeben. Der aromatische Rauch hatte ihn wie in einem Netz umsponnen und abgeschirmt. Der Whisky für phantastisch explodierende Bilder, Visionen, Gesichte, Farben und Vorstellungen gesorgt. Fata Morganas über den Wüsten des gewöhnlichen Alltags versprachen ihm Schöneres, Besseres, Höheres, Größeres.

Niemand hatte ihn je sichtbar betrunken erlebt. An Nahrung brauchte er wenig. Aus seiner Dienstzeit beim Bund hatte er komische Stories zum besten gegeben, die Stimme kaum hebend und senkend, sich und die Umwelt mit dem Qualm seiner schweren Zigaretten einlullend. Die eine vom vergessenen Gewehr mußte absolut als die geilste angesehen werden.

»Also, da kamen wir von der Übung und genehmigten uns in einem Dorfwirtshaus ein Bier und dann der Befehl ›Alles aufsitzen!‹. Wir kippten das Bier hinunter und rannten in Richtung Mannschaftswagen, und in der Kaserne angelangt, merkte ich doch, Mensch, daß ich meine Knarre im Wirtshaus vergessen hatte, Mensch!«

Wabo sah stillvergnügt in die Runde, stippte eine Zigarette aus der Schachtel, setzte sie in Brand, paffte vor sich hin. Alles war okay wie es war. Ein Tag zeugte den nächsten. Wabos stille Verachtung galt den ewig Nüchternen, die Zeit fanden, um dem Fußballplatz einen Besuch abzustatten und einen Schal um den Hals mit den Farben irgendeines Vereins zu wickeln.

Sonderbarerweise erfüllte ihn satte Genugtuung darüber, daß er sein Studium zu Ende gebracht hatte. Eine kindliche Freude, wie über der Tatsache, Dampfmaschine, Modelleisenbahn, Legobausteine nach Gebrauch ordnungsgemäß wieder verwahrt zu haben. Ja, irgendeine Ordnung mußte sein! Und wo man Willi (dem Vater) billig eine Freude machen konnte, sollte man es tun! Eine Art Rührung überkam Wabo, im Lauf der Jahre alles ord-

nungsgemäß hinter sich gebracht zu haben. Schule mit Abitur-
abschluß, das Studium. Alle mochten ihn. Er konnte Geschichten zum besten geben, über die alle lachen mußten, Ereignisse,
Szenen. »Da habe ich meinen Wagen mit vier Zusatzschein-
werfern aufgemotzt, Mann, und schaltete sie alle ein und hupte,
daß allen die Ohren wackelten, Mann. Also, und dazu, Mensch,
das Autoradio auf sechzig Dezibel rauf! Also, ich kam daher wie
der Zirkus, Mensch!«

Wabo und Udo verabschiedeten sich voneinander. Udo würde
eine Nachtschicht fahren, Wabo zu Haus einen Koffer packen,
den letzten Rest aus der letzten Scotch-Flasche ziehen, genügend Zigaretten einsacken. – Durfte man rauchen da, wo man
ihn hinbeordert hatte?

Er stand zum letztenmal am Fenster und sah über die Häusergiebel und Fronten bis zu den ersten Bäumen des Parks.

Wabo trank langsam, mit Bedacht, die Flasche leer. Er dachte
an die verzweifelten Blicke der Mutter bei gelegentlichen Besuchen. Er drängte sie, wieder heimzufahren in ihre kleine Stadt.
Er begleitete sie bis zur U-Bahnhaltestelle. Sein, Wabos Auto,
hatte meist irgendwo am Straßenrand gestanden. Irgendwann hatte er es an einen Freund veräußert. –

Das Studium hatte er zum Erstaunen der Welt abgeschlossen.
Sein Vater hatte für ihn schon einen Posten als Armeerichter pa-
rat. Einen ruhigen Stand ohne Streß und Existenzsorgen.

Wabo klappte den Koffer zu, verließ die Wohnung, schlug
die Richtung zum U-Bahnhof ein. Das Pflaster des Viertels bot
sich immer fleckig von Kaugummi, Coca Cola, Essensresten von
McDonalds, Eisfladen, Asche und Kippen. Hin und wieder rollte eine Bierdose daher, die junge Leute mit den Fußspitzen wei-
terbeförderten. Das scheppernde Getöse freute jung und alt im

Umkreis. Flüchtig beäugte Wabo Kinobilder hinter einer Scheibe, den Titel und die Namen der Hauptdarsteller. Er kannte sie nicht, denn er suchte nie ein Kino auf.

Wabo stellte den Koffer ab, entzündete sich eine der schwarzen, französischen Stengel und paffte. Hustend erreichte er das Sperrengelände und steckte das Ticket in den Spalt. Klick machte es. Wabo blieb stehen, bis er die Zigarette zur Hälfte aufgeraucht hatte, dann warf er sie zu Boden, trat mit dem Absatz drauf und nahm die Rolltreppe nach unten.

Was würde kommen? Er scheute sich vor der Beantwortung dieser Frage. Aber er war davon überzeugt, daß die Sonne jeden Tag wie bisher auf- und wieder untergehen würde, der Mond sich über die Häusergiebel schöbe und die Plätze an Tresen und Theken sich füllten. Das schien ihm, Wabo, sehr wichtig.

Auf der langen Plastikbank neben den Schienen saß eine und weinte. Die Tränen liefen in einer breiten Spur über ihr ziemlich kaputtes Gesicht. Was hatte sie an? Jeans, an beiden Knien faustgroße Löcher, durch die man weiße Haut besichtigen konnte, eine weite Schlotterjacke, in den Ohren Klunker unterschiedlichen Formats, an den Füßen Adidasschlorrer.

Sie stierte geradeaus auf den Infoscreen, der eine Comicszene abspulte. Einer lief um sein Leben, hinter ihm schoß einer mit Pfeil und Bogen nach ihm und traf jedesmal die hohe, spitze Mütze des Vordermanns.

Das Ding ließ weiter die Backen naß werden. Ihre Knie zitterten.

»Hast nichts mehr zum Einpfeifen?« fragte einer neben ihr.

»Kannst dir keinen Spicker mehr setzen?«

»Blödmann!« kam es von dem Ding. Dann schwieg sie. Anscheinend kam ihr ein Einfall.

»Hast du was?« knurrte sie, mit der Faust das Nasse von den Backen wischend.

»Was?« tat der andere höhnisch.

»Arschloch!« zischte sie.

»Okay!« nickte der Gemeinte.

»Drecksau!« Das zitternde Ding guckte zur Rolltreppe hin, auf der ein trauriger Schwarzer in langen, roten Hosen, bestickt mit Goldfäden, hinaufschwebte wie ins Elysium. Ein weites, gelbseidenes Hemd bedeckte seine unheimlich breiten, muskulösen Schultern und den Oberkörper. Als die Bahn durchrauschte, blähte und flatterte alles um ihn. Hatte ihn die blonde Freundin verlassen? Seine weite, dschungelschwarze Iris sprach von ewiger Trauer. Droben spielte einer auf der Klarinette, einen Hut vor sich. Die Melodie stieg einfach auf wie Blumen in Bauerngärten hinter einem Zaun.

»Kommst mit zu mir?« zwitscherte eine Vierzehnjährige einen Oberschüler an. Sie löffelten Eis an einem kleinen Tisch unter den Pappeln, die sehr berühmt waren.

»Ich hab' nur noch Silber!« Der Oberschüler steckte die Rechte in die Tasche, in der es von Zweimarkstücken und zwei Fünfern klingelte. Biggi, die Vierzehnjährige, war eine Blonde mit hellblauen Augen und einem großen, pflaumenblau nachgezeichneten Mund.

September. Die Sonne lag auf dem Nachmittagspflaster wie ein zermatschter Pfirsich. Die Melancholie nahm überhand. Dieser Tatsache waren sich nicht alle bewußt. Die jungen Männer mit wiegenden Hüften, Römerschädeln, funkelnd schwarzem Haar, kurz gestutzt, warteten auf das Gelb der Laternen, das bleiche Weiß der Neons. Da mutierten sie zu Jägern der weichen, weißen, blonden oder dunkelhaarigen lächelnden Beutetiere, machten sie an auf englisch, in gebrochenem Deutsch, Französisch, Italienisch. Der große Boulevard unter der Obhut der alten Pappeln wurde zum Marktplatz der Sehnsüchte, Hoffnungen, Erwartungen. Düfte nach Vanille, Bananen, Kaffee, Zigaretten, Parfüms von Woolworth und Jil Sander und Givenchy mischten sich mit den Tränen der Ungeduldigen und Zuspätgekommenen und denen, die über fünfzig waren, wenn sie auch aussahen wie Dreißigjährige.

Jede dieser Nächte im Dunst, den die Stadt ausschwitzte, prunkte neu und kostbar und knisterte vor Erwartung und Neugierde, Hunger nach Liebe, Durst nach dem großen, unbekannten Ereignis. Alle glaubten in diesen Nächten an Märchen, die wahr würden, falls man sie nur in den Griff kriegte. Ganz einfach. Ein Blick versprach Königreiche. Zumindest einen Orgasmus von gigantischen Dimensionen. Oder eine Fahrt im Cabrio, die blonde Mähne im Wind aus Sehnsucht und Erwartung und Versprechen. Die Spitzen der alten Pappeln verloren sich im Schwarz hoch über den schaukelnden Neons und hunderttausend Gerüchen.

15

Die Mutter

Frau Boll, die Mutter Wabos, stieg am Hauptbahnhof Südseite, aus und benutzte weiter die U 4 und sodann die U 6 und fuhr dann die Rolltreppe nach oben. Da wandte sie sich nach rechts, wo die Straßen in den Park mündeten. Sie klingelte an einem Türschild. Wabo hatte seit längerem nichts von sich hören lassen.

Ein fremdes junges Mädchen öffnete. Frau Boll erkundigte sich nach Wabo, ihrem Sohn.

»Der Wabo –«, flötete das Mädchen. »Der wohnt schon weit ewig nicht mehr hier. Da müssen Sie, also da müssen Sie aufs Einwohnermeldeamt. Oder aufs Polizeipräsidium ...«

»Weshalb denn?«

»Ja, wie ich das sehe, ist er – also ist der wohnungslos. Also nirgends mehr gemeldet, sozusagen. Am besten ...«, das Ding dachte nach, »am besten, Sie gehen mal durch den Park und dann am Fluß entlang und unter den Brücken durch. Also, da besteht die Möglichkeit, ihn zu treffen ...«

Die Sprecherin zog an ihren blonden Haaren. Die Mutter blieb stumm.

»Also«, nahm das Mädchen den Faden wieder auf, »unter den Brücken durch immer nach Süden!«

»Aber es ist doch November!« entgegnete die Mutter. »Die Nächte sind kalt. Er wird doch frieren!« Sie sah drein, als erzählte ihr jemand ein böses Märchen.

Das junge Ding schien das, was die Mutter vorbrachte, nicht so tragisch zu sehen. Es zuckte die Achseln, weiter an seinen blonden Haaren ziehend.

»Ist nichts mehr von seinen Sachen da?« wollte die Mutter wissen. »Er hatte doch Bücher! Viele, und teure Fachbücher. Wissenschaftliche Werke. Und einen echten Schiraz auf dem Boden, den ich ihm hineingelegt habe. Und gute Garderobe!«

Das Mädchen überlegte.

»Sie können gern einen Blick in sein ehemaliges Zimmer werfen!«

Die Mutter zögerte, dann setzte sie den Fuß vor. Sie kannte die Wohnung, das Zimmer. Fremde Kleider hingen an Haken, ein Bett mit fremdem Bettzeug, ein Bord, auf dem nur wenige Bücher standen, ein Computer auf einem Beistelltischchen. Keine Spur eines echten Schiraz' am Boden. Nichts mehr von Wabo.

Sie kehrte um, nahm die Treppe und die Richtung zum Park. Sie zog die Handschuhe über. Sie fror leicht an den Fingern. Der Himmel beugte sich niedrig über die kahlen Bäume fast bis auf den farblosen Rasen herunter. Es mochte auf die dritte Nachmittagsstunde zu gehen. Sie passierte eine Bank, eine zweite. Sie kannte die Gepflogenheiten der Leute, die kein Dach mehr über dem Kopf hatten. Niemand hielt sich hier auf. Ein Eichhörnchen überquerte im Geschwindlauf den Weg und enterte auf eine Buche, die noch einiges zusammengeschnurrtes Laub festhielt. Die Mutter kam zur ersten Brücke und tappte das Steilufer hinunter bis zum Wasserrand. Forschend drang ihr Blick in die dämmerige Höhle der Verstrebungen und Wölbungen. Weder die Spur einer menschlichen Gegenwart noch etwas wie Decken, Taschen, Schlafsäcke.

Die Mutter setzte den Weg fort. Selten begegnete ihr ein Passant. Fahles Licht fiel auf die Freiflächen mit Kies, Sand, dürren

95

Stauden und bröckligem Mauerwerk. Sie durchwanderte eine weitere Brücke, hörte die Geräusche, das Surren von Tramways, das Rollen und Rattern von Lastern über ihr, Radgeklingel, undeutliches Stimmengewirr.

Unter der nächsten Brücke blühte die rote Blume eines kargen Lichts. Die Mutter beschleunigte den Schritt. Jemand hatte vor eine Pfeilernische eine grobe Decke gespannt. Davor stand auf einer umgekippten Getränkebox eine Petroleumlampe. Niemand zeigte sich. Leise rief sie ein »Hallo!«.

Ein Geräusch verriet ihr die Nähe eines anderen Wesens. Die Decke wurde gelüpft. Ein Gesicht mit grauem Bart tauchte auf. Eine warme Mütze, über die Ohren gezogen, schützte es vor Kälte.

Konnte es sich um Wabo handeln? – Ein so ausgedehnter Bart veränderte ein Gesicht ungemein.

»Hallo, Mutti!« nuschelte es unter dem Wust wie herausquellender Matratzenwolle.

»Hallo!« sagte die Mutter etwas irritiert.

»Hast du mir was mitgebracht?«

»Mitgebracht?«

Der Mann, etwa fünfzig, trat ganz hinter dem Vorhang hervor. Ein dicker Parka vervollständigte seinen Anzug, wattierte Stulpenstiefel, sicherlich ein Geschenk aus Speicherbeständen, desgleichen. In den bundesdeutschen Abstellräumen und Mottenkisten hatten sich im Verlauf von fünfzig Friedensjahren unglaubliche Mengen von Textilien, Schuhen, Pelzen angesammelt. Von diesen Schätzen bedienten sich die, denen es an Geld, sie käuflich zu erwerben, mangelte.

»Bist du Walter?« wagte die Mutter zu fragen. Sie war total verunsichert.

»Walter? Nein! Heiße ich nicht. Heiße Enzio!«

»Ach!« wisperte die Mutter.

»Hast du was für mich?« wollte Enzio wissen. »Ein Fläschchen? Oder Brot mit was drauf? Ich habe echt ein Knurren da, wo mein Magen sitzt.«

»Leider!« An der Mutter nagte das schlechte Gewissen. Es duldete nicht, daß sie satt war, während ein anderer hungerte. Sie zog die Geldbörse, kramte und überreichte Enzio einen Heiermann, den dieser von allen Seiten begutachtete.

»Danke!« nickte er. Sich besinnend setzte er hinzu: »Wieviel Uhr haben wir?«

Die Mutter guckte auf ihr Handgelenk. Die Uhr, überlegte sie, stellte kein besonderes Wertobjekt dar, sollte Enzio auf die Idee kommen, sie ihr abzufordern.

»Fünfzehn Uhr dreißig!«

»O, eine gute Zeit!« freute sich Enzio. »Da kann ich noch zum Kiosk hoch und was ordern! Durst ist eine schlimme Sache!«

Die Mutter nickte geistesabwesend und wandte sich dem Brückenausgang zu. Langsam wurden ihre Schritte schwerer. Unter der nächsten steinernen Wölbung herrschten Schweigen und starke Dämmerung. Nur schwach wehender Wind belebte den öden Ort. Die Mutter fror. Dieser Gang am Fluß hin war nicht eingeplant. Den Kopf gesenkt, schurrte sie durch abgefallenes Laub. Von den Höhen der Hänge fiel buntes Licht aus Läden, von Reklameschildern, Gasthäusern und Fahrzeugen. Sie wollte noch die letzte Brücke hinter sich bringen. Nach etwa zwanzig Minuten hatte sie den Marsch geschafft. Einige Wasserschnellen sorgten für Glucksen und Plätschern. Im Laternenlicht blinkten die hüpfenden Blasen und Strudel und glätteten sich im Weiterströmen wieder. Einige Möwen ließen sich treiben, helle Flecke im schwärzlichen Geflimmer. Hier empfing die Mutter Musik aus einem alten Recorder. Matratzen reihten sich vor rauhem Beton, und mehrere Lichtquellen, wenn auch dürftiger Natur, scheuchten die hereinbrechende Dunkelheit in abgelegenere Winkel zurück.

Die Mutter trat in das Helle. Zwei Frauen und drei Männer schälten sich aus den Schatten. Man qualmte Zigaretten und hielt allerlei Flaschen und Tassen hoch. Doch das war nicht alles. Über einem Grill einfacher Art, wenn nicht gar selbst gebastelt, bruzelten Fleischstücke im Rauch, der nach Fett und Gewürzen roch. Alle fünf Gestalten waren nur undeutlich zu erkennen, da sie wie Enzio in dickem, warmem Zeug steckten.

Die Mutter machte sich dennoch die Mühe, jeden einzelnen der Männer eingehend zu mustern. Wabo konnte ihrer Mutmaßung nach nicht unter ihnen sein.

»Hallo, Omi!« rief man ihr entgegen. »Hast du unsere Post bekommen? Nimm Platz, wir feiern!«

Einer klopfte neben sich auf einen unbesetzten Matratzensitz, zu verstehen gebend, daß sie ihre müden Glieder drauf strecken sollte. Aus dem Recorder stülpte sich eine Soul-Ballade aus New Orleans. Eine der Frauen wiegte sich zur rauhen und brüchigen Stimme des Sängers, die Zigarette im Mundwinkel festgeklemmt.

»Omi, Glühwein!« schallte es in ihrem Rücken.

»Ich werde euch doch nicht berauben!« wehrte die Mutter ab. Dann kam ihr ein Einfall.

»Ich suche einen, der Wabo heißt!«

»Wa-bo?«

»Ja, Wabo!«

Alle sprachen den Namen nach, schüttelten die Köpfe, sahen sich fragend an, bewegten die Köpfe wieder verneinend.

»Nie gehört!« Eine ziemlich umfangreiche Frau in den Vierzigern schnitt von einem Brotlaib Scheiben ab und reichte sie weiter. Gabeln kamen zum Vorschein; auch der Mutter wurde eine solche in die Hand gedrückt, ein blindes, etwas verbogenes Stück, und man gab ihr zu verstehen, sich vom Rost zu bedienen. Die Mutter hielt das verbogene Ding in Händen. Von draußen her schlich die beginnende Nacht in die schummerige Heimstatt der Besitzlosen, die in einer schwermütigen Munterkeit das Triste der Umgebung zu verdrängen suchten. Riesige Schatten bewegten sich an den rauhen Wänden. Trat eine Gesprächspause ein, meldeten sich die Wasserschnellen plauschend zu Wort.

Die Mutter fürchtete, in Unannehmlichkeiten verwickelt zu werden, wenn sie die Gabel, die ihr zugedacht war, ablehnte. So spießte sie einen glühend heißen Happen auf. Es war ihr, als kaute sie nicht Fleisch, sondern das Brot der Armen. Ein Glas Glühwein wurde ihr geboten. Sie nippte daran. Dann griff sie in ihr Portemonnaie, entnahm ihm einen Schein und legte ihn auf der Matratze ab.

»Ich muß Wabo suchen!« sagte sie.

Ein momentanes Schweigen entstand. Sie sah in die Runde.

»Du wirst ihn nicht finden!« kam es von einer weiblichen Person in langem Kattunrock, unter dem derbe Stiefel hervorspitzten. Eine Biberpelzhaube saß auf ihrem graumeliertem Haarwust. Eine Jacke, wie sie Sibiriaken trugen, ließ sie als ziemlich unförmiges Monster erscheinen, dessen schwarzes Abbild an der Wand schwankte.

Die Mutter öffnete den Mund und schloß ihn wieder. Welche Antwort sollte sie auf die hingeworfene Bemerkung geben? Sie verließ das Grüpplein und erstieg das Hochufer. Von irgendwoher kreischte es. Ein Brüllen folgte nach. Sie gewann die Höhe und eine ziemlich breite Straße. Die Nacht war da. Die Bogenlampen strahlten die Umgebung aus. Ein Bus rauschte heran.

Diesen erreichte sie nicht mehr. In der Ferne machte sie eine Trambahnhaltestelle aus. Sie setzte die Schritte flinker, obgleich eine umfassende Müdigkeit sie wie ein schwarzer Krake ankroch. Sie lief. Wenn sie diese Bahn verpaßte, würde sie lange auf die nächste warten müssen. Regen setzte ein. Die Mutter drückte den Knopf seitlich der Tür. Sie öffnete sich. Die Wärme und Helle drin drang nicht in ihr Inneres vor. Sie legte die Hände gekreuzt vor sich in den Schoß. Wem sollte sie einen Vorwurf machen? Wer sollte die Schuld tragen? An was? Alles ginge weiter, als sei nichts gewesen. Nicht die kleinste Zeitungsnotiz war fällig über der Tatsache, daß einer die Normalität des Daseins abgeschüttelt hatte wie Sägespäne, Staub, Ruß, Asche. Etwas Lästiges und Störendes. Die Dimensionen gewechselt hatte wie die Wäsche.

Die Mutter hockte in ihrer bequemen Sitzmulde und stierte auf die kommenden und gehenden Ankündigungen der Stationen.

16

Konradin

Die Eingangstür zu »Mutti Bräu« öffnete sich.

»Ist Anschy da?« flüsterte eine Frau mit übernächtigtem Gesicht, eine Raucherin von etlichen vierzig Zigaretten am Tag. – Frau Griesmeier, die Mutter Anschys. Sie hatte sich mit einem Koch zusammengetan. Einem Schnauzbart, stiernackig, untersetzt, mit deutlichem Bauchansatz.

»Nein!« schüttelte die Kellnerin Gusti das Haupt. Frau Griesmeier verzog sich wieder nach draußen. In einer halben Stunde fing ihr Dienst schräg gegenüber in einem »Pizza Hut« an mit Teigkneten und Tomaten- und Salamischneiden. Eine schreckliche Frage, ein schrecklicher Verdacht nagte an ihr. Sie wagte sich keinem Menschen anzuvertrauen.

Wenig später beehrte Anschy das Wirtshaus mit ihrer Anwesenheit. Sie trug ein schwarzes Netzhemd und sonst nichts, außer ihrer Klampfe. Von einem Gast, den sie Ernest nannte – er war Ire oder Engländer –, ließ sie sich eine Zigarette spendieren und paffte erstmal los. Als eine Anzahl Menschen den Raum füllte, hüpfte sie auf die winzige Empore, setzte sich auf den Stuhl dort und sang mit etwas klirrender Kleinkinderstimme auf Englisch. – Die Männer glotzten auf das Netzhemd, vielmehr suchten sie das mit den Blicken zu erreichen und zu umschmeicheln, was darunter leicht – ein bißchen zu winzig – vibrierte.

Anschy erspähte den Regisseur Sp., der sie seinerseits eingehend musterte. Nun, das hatte Anschy einkalkuliert. Sie würde in seiner Serie über Schulmädchen keine schlechte Figur machen. Das Schweigen, das im Publikum waltete, war gesättigt mit Verlangen, Verachtung und Sexgefühlen. Pernod waberte süßlich über den Köpfen, der Rauch wogte hin und her, und durch ein geöffnetes Fenster langte die Nacht mit befleckten Fingern nach ihren Geschöpfen.

Tatsächlich liebäugelte der Regisseur Sp. mit dem Gedanken, das Ding mit den zitternden Brüstchen in einem seiner Schulmädchen-Reports zu beschäftigen. Diese echt jungen, gierigen Dummchen verschrieben Leib und Seele jedem, der ihnen weiter nach oben, oder was sie dafür hielten, verhalf.

Ein Mann mit schwarzem Schnauzbart, möglicherweise gefärbt, und ausgeprägtem Stiernacken stand im Türrahmen. Unschwer erriet man den Koch und Stiefvater Anschys in ihm. Er stampfte durch das Schweigen in der Wirtsstube auf das Kind zu und packte es am dünnen, nackten Arm und zerrte es mit sich. Als es nach seiner Gitarre haschen wollte, stieß er diese grob in den Raum hinein. Die Tür schlug hinter den beiden zu. Die Zurückgebliebenen griffen nach den Biergläsern. Man zerschnitt Fleisch und Kartoffeln und Wurst und Knödel auf den Tellern, stippte die Asche in die Aschenbecher und setzte das Gespräch fort. Pernodduft stieg von einem Tisch hoch.

Es war nicht so einfach, Babsi zu finden. Sie hatte ein Jahr nach Konradins Tod einen neuen Freund gefunden, zu dem die kleine Tochter Onkel David sagte. Sabina hatte Babsi in ein Café gebeten, sich scheuend, die Wohnung zu betreten. Babsi trug das blonde Haar noch immer offen und dazu schwarze Klamotten, das Symbol von Jugend und ihrem Lebensstil. Sie würde es noch lang tragen, auch die Jeans in Schwarz, wenn auch vier, fünf in Mittel- und Dunkelblau sich in Schränken stapelten.

»Ich halte dich nicht lange auf!« eröffnete Sabina das Gespräch. Sie ließ sich einen Pernod bringen, Babsi wünschte Orangensaft. Durch große Fenster überblickte man den weiten Platz mit Pappeln, Menschen, Autoschlangen. Tauben pickten aus Pflaster- und Betonritzen winzige Partikel, die Ampeln schalteten, der Himmel blieb unsichtbar, doch würden bald die Neonlampen den Song von Haß und Liebe, Tod und Leben, Reden und Schweigen summen.

Babsi rührte mit dem Plastikhalm, der in der Mitte einen rechtwinkeligen Knick aufwies, in der gelben Flüssigkeit. Sie war gefangen in der neuen Liebe David, einem Amerikaner aus dem Mediengeschäft.

Sabina hatte es aus dem Zustand des Grabes ersehen. Anscheinend wurde es nur noch von ihr, der Mutter, und Alban gepflegt.

»Es geht mir um ein wichtiges Detail!« ließ Sabina Babsi wissen. Sie nippte am Pernod, schmeckte ihn auf der Zunge. Er rann die Kehle hinab.

»Es geht mir darum, zu erfahren, wie der letzte Silvesterabend im Lokal, in dem Konradin den Vater suchte, verlaufen ist. Gab es da einen besonderen Vorfall, eine Szene, einen Wortwechsel, der ...«

Babsi hörte auf, im Orangensaft zu rühren.

»Es ist alles schon so lange her, mein Gott!« seufzte sie. »Ich glaube, ich kann dir nicht weiterhelfen! Einige Veränderungen gab's tatsächlich. Ja, wirklich! Es schien ihn etwas zu belasten. Ja, wirklich! Es schien ihn etwas zu belasten. Ja, belasten!« Babsi krause die Stirn. »Ich redete ihn daraufhin an, ja. Aber er schüttelte den Kopf. Nichts Konkretes. Ich habe viel mitgemacht! Ich habe ihn geliebt. Es ist alles schon so lange her!« Babsi sah traurig geradeaus.

»Ich glaube«, fügte sie hinzu, »der Name ist an allem schuld.

Konradin!« und Babsi rief sich die erste süße Zeit mit Konradin wie einen alten Film zurück:

»Konradin, Konradin –«, tönte sie. »Davon habe ich in der Schule gehört. Staufer und so, was?«

»Traurige Anemonen, Frangipani, Papst Clemens IV., Karl von Anjou ...« Konradin zeigte Babsi seine schönen Zähne. »Alban wußte, was er tat!«

»Wer ist Alban?«

»Mein Vater.«

»Und Konradin? – Schön der Reihe nach!«

»Gewiß doch!« nickte Konradin. »Also, ist dir Friedrich II. ein Begriff?«

»Der Dings, der Große, der Krieg machte, weil er selbst klein und mickrig war und die Leute von ihm reden sollten!«

»Auf den Punkt gebracht. Aber dennoch ...« Konradin spielte mit Babsis Blondhaar. Das Telefon meldete sich.

»Ich geh' nicht ran!« winkte Babsi ab. »Irgend so'n Wuppertaler!«

»Für die bist du doch noch zu jung!«

»Für was?«

»Nicht ans Telefon zu gehen, wenn es klingelt! Mit Zwanzig is man doch auf alles neugierig! Auch auf Wuppertaler!«

Babsi rückte das Gesicht ein wenig von der Backe Konradins weg.

»Du redest wie mein Opa!«

Konradin lächelte mild.

»Also, der Konradin war der Enkel des Stauferkaisers Friedrich II. und wurde als letzter seines Geschlechts 1268 in Neapel hingerichtet!«

»Was hat er denn verbrochen?«

»Könige müssen nichts verbrechen, um geköpft zu werden!«

belehrte Konradin die Freundin. »Daß ich dir das verklaren muß!«
Er seufzte.

»Jaja!« murrte Babsi.

Konradin verschränkte die Hände im Nacken, Babsi hob ihr
Bein zu einem rechten Winkel an und betrachtete ihre Zehen.

»Okay«, nahm Konradin den Geschichtsunterricht wieder auf.
»Also der Enkel des Friedrich II. zog, kaum siebzehnjährig, mit
Haufen von Reisigen, Bogenschützen, Berittenen, Söldnern aus
Spanien, Österreich, Burgund über die Alpen!«

»Warum denn in Gottesnamen?«

»Ganz einfach: Karl von Anjou bekriegte seit längerem Manfred, einen Sohn Friedrichs und Onkel Konradins auf Sizilien.
Dieses war staufisches Land und zugleich Lehen der Päpste.
Manfred kümmerte sich den Teufel um die Fakten und betrachtete Sizilien als sein alleiniges staufisches Besitztum. Der Papst
pfiff Karl herbei, den alten Feind der Staufer. Der kam und sieg-
te über Manfred und behandelte ihn und seine Familie ausgesprochen unfein. Sodann wartete er auf Konradin, der ihm mit
fünftausend Streitern entgegenzog. Am Fuß der Abruzzen kam
es zur Schlacht, die Karl wieder als Sieger sah. Konradin gelang
mit einem kleinen Häuflein Getreuer die Flucht. Einer aus dem
Adelsgeschlecht der Frangipani lieferte ihn an Karl aus – gegen
enormen Finderlohn!«

Babsi schüttelte den Kopf, weiter ihr schönes, glattes Bein
beäugend.

»Häßlich, finde ich!«

»Auch!« bestätigte Konradin. »Soviel ich weiß, gibt es die
Sippe heute noch. Ich werde mal hinfahren und ihr meine schlechte Meinung über sie kundtun!«

Babsi: »Ich komme mit! – Und wie ging's weiter?«

»Ein Scheingericht verurteilte im September auf Befehl Karls

Konradin als Verräter zum Tod durch das Beil. Konradin ließ über eine Gesandtschaft seiner Mutter in Tirol viele Grüße ausrichten. Auf dem Platz, der heute Piazza del Mercato heißt, schlug der Scharfrichter ihm und dem Friedrich von Österreich und noch einigen anderen vom ghibellinischen Adel den Kopf ab. Ein Franziskaner hatte allen vorher die Beichte abgenommen und Absolution erteilt. Soweit war alles in Ordnung. Den Karl von Anjou überkam ein wahrer Blutrausch, den er an Parteigängern der Staufer stillte, mit Abhacken von Händen und Füßen, Augen ausstechen, Zungen herausreißen, und in siedendes Wasser werfen. Clemens IV., der letzte Papst, dem die Staufer Kummer bereiteten, starb im selben Herbst des Jahres 1268 in seiner Stadt Viterbo! Damals, vor siebenhundert Jahren, gehörte den Päpsten noch halb Italien!«

»Armer Konradin!« weinte Babsi ganz unvermittelt auf, drehte sich zum Berichterstatter und zog ihn unter Tränen an die Brust. –

Sabina richtete das Auge auf die Kuchentheke, die im Schein von rosa Punktleuchten wunderbare Schätze darbot: Kirschtorten, mit Sahne hoch verziert, glasierte Kunstgebilde mit kandierten Früchten und Nüssen, Marzipan, Trüffeln und weiterem duftenden Beiwerk, kleine, rechteckige Petits fours in allen Regenbogenfarben, Schokoladetorten, Obstschnitten in Purpur, Grün, Rosa, Gelb, Biskuitblätter, Baumkuchen. Die Verkäuferinnen hantierten in Spitzenschürzchen mit Kuchenschaufeln und anderem silbern blinkendem Gerät. Der Duft nach frischem Kaffee im Verein mit Kakao, Vanille, Früchten waberte als zugleich belebender wie einschläfernder Dunst über dem rosagrauen Plafond.

»Möchtest du etwas von der Theke?« erkundigte sich Sabina bei Babsi.

»Nein! Ich muß auf meine Figur achten! Ich werde manchmal als Wäschemodel gebraucht. Da zählt jedes Pfund, wenn du nur im Slip und BH dastehst. Ich werde gut bezahlt!«

Sabina winkte der Bedienung. Gemeinsam traten sie auf den übergroßen Platz. Die geheimnisvollen Minuten vor dem Einschalten der Beleuchtung kamen. – Alles hielt den Atem an. Dschinne und Ghulen drückten auf die Knöpfe der Ampeln. Ein böses, bluttriefendes Rot reckte die Zunge heraus. Reden und Lachen erstarben. Eine Schar Tauben flog mit knatternden Flügeln auf und zog über den wirren Drähten, die von Straßenseite zu Straßenseite reichten. Pampelmusengelbe Wolken lagen schlafend auf den Pappeln, Kirchtürmen, Giebeln, Firsten. Es hatte alles ein unwirkliches, unirdisches Gewicht und Gesicht. So und nicht so. Trügerisch, doppelzüngig, flirrend, wirr. Eine Lüge und ein Traum, die Wahrheit in doppelter Ausführung. Eine Fata Morgana, nach der man vergeblich griff. Ein Lächeln, das zur Fratze wurde.

Babsi sah auf die Uhr. Sie mußte ins Studio. Sie verdiente gut. Sie wußte, daß sie noch gut aussah. Noch einige Jahre. Aus denen mußte sie rausholen, was ging. Das Leben war gut und hielt Überraschungen bereit. Aus denen mußte man das Beste zaubern. Babsi traute sich absolut zu, diese Kunst zu beherrschen.

»Tschüs«, machte sie in Richtung Sabina.

»Tschüs!« erwiderte diese.

17.

Weiterleben, um zu trauern

Es hatte geklingelt. Erstaunt sah Alban auf die Uhr. Etwas nach Mitternacht. Er brütete über Bildunterschriften. Nach einer Begutachtung des Draußenstehenden durch das Guckloch öffnete er.

»Anschy!« Kopfschüttelnd musterte er die dünne Gestalt, die weder ein schwarzes Netzhemd noch einen satanischen Ausschnitt zur Schau trug. Dagegen hielt sie einen Bag über die Schulter gehängt und die Klampfe im Arm.

»Kannst du mich bei dir behalten?«

»Ja, Kind Gottes!« stotterte Alban. »Weshalb denn? Du hast doch deine Eltern!«

»Mein Vater ist tot!«

»Aber deine Mutter! – Und einen neuen Vater hast doch auch!«

»Meine Mutter ist ein Mondkalb, und der Koch will, daß ich mit ihm ins Bett geh!«

Alban gab dem Kind den Weg in den Korridor frei. Sie stellte den Bag und die Gitarre ab.

»Du bringst mich in Verlegenheit!« hielt Alban dem späten Besuch vor.

»Ich schlafe auf dem Boden. Oder hast eine Luftmatratze?«

»Darum geht es nicht!« wischte Alban die Fragen weg. »Du bist noch nicht mal siebzehn, wie ich annehme. Ich komme in die Bredouille, wenn jemand davon erfährt!«

»Ach geh!« kicherte Anschy. »Das is ja dürftig, was du da

vorsingst. Ehrenwort, morgen früh bin ich wieder draußen! Der Scheißkoch muß um neun aus'm Haus in seine Küche!«

»Hast du keine Freundin?«

»Nein!« antwortete Anschy lakonisch.

Alban geleitete sie ins Wohnzimmer. Da stand eine ausziehbare Couch. Anschy haute Alban die Kinderfaust ins Kreuz.

»Mensch, geil! Ich hab gewußt, daß du erste Sahne bist! Ich mach uns morgen Frühstück! Um die Ecke is der Bäcker. Da sacke ich frische Semmeln ein!«

Alban erwiderte nichts. Er überlegte, ob er sein Schlafzimmer verriegeln sollte. Er hielt bei Anschy alles für möglich. Absonderlicherweise äugte er, bevor er sich schlafen legte, noch mal in den Spiegel. Er sah für sein Alter noch erstaunlich attraktiv aus. Nicht so verschlorrt wie Friedemann Beisack, der fast im selben Alter stand wie er. Das Gesicht zeigte kaum Falten, die Schläfenhaare schimmerten grau, wie oft ganz junge Geschöpfe es mochten und verehrten. Was lasen sie aus diesen? Wissen und Verständnis, Erfahrung und Galanterie, sogar Treue und Beständigkeit, alles Dinge, die sie bei jungen Drauflosstürmern vermißten.

Tatsächlich erwachte Alban in der Nachtmitten von einem feinen Geräusch an der Tür. Die Klinke wurde anscheinend leise herabgedrückt. Als der Draußenstehende merkte, daß er vor verschlossener Tür stand, kehrte sekundenlang Ruhe ein. Dann pochte es mit zartem Knöchel ans Holz. Alban bedachte ernsthaft die Lage. Er konnte mit bestem Gewissen dieses Dummerl Anschy reinlassen und sich mit ihr verlustieren. Ja, konnte er. Was sollte er tun?

Alban griff an die Knöpfe seiner Pyjamajacke und zählte ab: Ja, nein, ja –. Bei ja hörte die Knopfreihe auf. Er warf das Flachbett zurück, tappte barfuß zur Tür, drehte den Schlüssel im Schloß.

Dünn, aber dennoch irgendwie weich, schlangen sich zwei Ärmchen um ihn. Die Neugier dieser allzu jungen, allzu heftigen Töchter von Müttern ging über jedes Maß hinaus.

Später bat Anschy um eine Zigarette. Als Alban nicht sofort reagierte, tastete sie über seine Schulter hinweg zum Nachtkästchen. Alban zeigte sich so gütig, ihr Feuer zu geben. Mit zierlichen Fingerchen, den Fingern einer Zehnjährigen, hielt sie den Stengel und blies den Rauch vor sich hin in das Halblicht von Dunkel und dem Schein der Birne unter dem grünen Schirm.

Alban zweifelte daran, daß sie ihren Orgasmus gehabt hätte. Es reizte ihn, sie danach zu fragen.

»Hast du überhaupt einen Orgasmus abgehakt?« entschloß er sich, sie anzureden.

Anschy schwieg verdutzt, die Zigarette zwischen den Fingerchen drehend.

»Ich fühl' mich gut!« wich sie nach einer geziemlichen Pause der direkten Antwort aus. »Ob mit oder ohne Orgasmus!«

Es stimmte, was sie vorbrachte. Klar hatte sie keinen zu verzeichnen gehabt! Dies geschah äußerst selten während eines ihrer sexbezogenen Treffs.

»Ist es dir egal?« wunderte sich Alban.

Anschy schüttelte den Kopf. Es erschien ihr keineswegs egal, einen Orgasmus gehabt zu haben oder nicht. Aber im vorliegenden Fall handelte es sich um Alban, einen immer noch gut aussehenden Mann, nicht vergleichbar mit dem Scheißkoch, den ihr die Mutter vor die Nase gesetzt hatte. – Mütter stellten oft die Dummheit in Person dar und hatten null Durchblick, was die Trieb-Abgründe der Männer anbelangte.

Also, sie hätte im Arm dieses Alban gern einen Orgasmus gehabt. – Alban entwand Anschy die Zigarette, sie im Aschbecher ausdrückend. Dann drehte er ihr Gesicht zu sich her und

110

betrachtete es aufmerksam. Sie fing zu weinen an. Lautlos, die Mundwinkel wie eine Zweijährige nach abwärts senkend. Wie ein Kleinkind, dem man die Puppe weggenommen hatte. Langsam liefen die durchsichtigen, runden Tröpfchen ihre Backen herab. Vom Fenster her kroch es fein grau ins Zimmer.

18

Der Fremde

Nicht selten war Friedemann in einer x-beliebigen U- oder S-Bahn unterwegs. Meistens ziellos. Er schob sein Ticket ein und bestieg die Bahn, die grade kam. Von einer Endstation zur anderen. Da hatte er eine leichte, kleine, wendige japanische Kamera in der Tasche.

An einem Spätnachmittag lehnte er an einer der Haltestangen der S 6 Richtung Osten. Da stieg jemand zu. Friedemann hielt den Atem an: Schwarze Bloomingdales, graphitgraue Jeans, eine fast schwarze Longjacke, einreihig, von teurem Tweed, einen Schal nachlässig um den Hals, schwarz-blau-grau, und eine Baskenmütze von dumpfem Blau, wie es die Bretonen einfärben, ziemlich gerade über der Stirn und den dunkelblonden, fest gezeichneten Brauen. Etwa einsfünfundachtzig groß war er, das Gesicht hell, hager wie einer, der jede Nacht bumste, ob mit einer Neapolitanerin oder einer aus Uppsala. Alles in allem sah er aus wie ein Toulouser oder aus Marseille. Erst beim zweiten Hinsehen bemerkte man die bestechende Harmonie, das Ineinanderfließen der Farben und Formen. Das totale Understatement daran. Nichts war neu, nichts knarzte oder drängte sich vor. Friedemann schloß die Augen vor Begeisterung und öffnete sie wieder, um nichts zu versäumen. Der Blick des Fremden haftete kurz auf Friedemann und glitt weg. Er lehnte sich, mit den Händen in den Hosentaschen, an die Trennwand.

»Ich liebe dich!« formten Friedemanns Lippen lautlos. Er

bohrte den Blick in sein Gesicht. Die dumpfblaue Baskenmütze, keine billige zu neunmarkfünfzig, gerade über der Stirn, war der Inbegriff allen Charmes, den ein Mann ausstrahlen konnte. Er, Friedemann, mußte ihm signalisieren, daß er von ihm fasziniert sei. Er mußte seine Stimme hören, mußte wissen, wie er redete, sich eine Zigarette anzündete, wie er sie hielt, wie er den Rauch durch die Nase blies. Er mußte wissen, wie er ging, wie er das Bierglas hob und wie er trank, den Kopf leicht zurückgeneigt. Wie er eine Pizza zerteilte.

Es mußte Föhn sein! Über dem riesigen Schienenareal, dem Spinnen-Netzwerk aus Stahl, Blech, Beton, Plastik, Signalen, Drähten und fremden Logos stand ein waschblauer Himmel mit bleichen Wolkenrosen. Friedemann suchte nach einem Satz, mit dem er ein Gespräch eröffnen könnte, räusperte sich, stellte ein Bein vor. Er öffnete den Mund, um rauszulassen: »Sind Sie fremd hier? – Sind Sie aus Marseille? – War ich auch schon! – Kann ich Ihnen behilflich sein?«

Friedemann schluckte die Sätze ungesagt wieder hinab. Der andere fixierte ihn wieder kurz und gleichgültig. Friedemanns Herzmuskel zog sich schmerzhaft zusammen. Gleichgültigkeit würde er von diesem Baskenmützenträger nicht hinnehmen können!

Ein rothaariges Weib stieg zu und nahm schräg gegenüber einen Fensterplatz ein. Ein weißes Gesicht, ein grüner Schal, der Mund auf die Haarfarbe abgestimmt; geranienrot. Friedemann haßte sie, als er mitbekam, daß sie den Jungen als ebenso umwerfend befand wie er. Dieser jedoch schien nichts von den Aufmerksamkeiten, die ihm galten, zu bemerken. Friedemann würde ihm an der Station, an der er den Zug verließ, folgen. Seine Seligkeit hing davon ab, sein Leben. Oder er bekäme einen Tobsuchtsanfall!

Die nächste Station. – Friedemann verhielt starr. Der im blauen Zeug machte keine Anstalten, auszusteigen. Der Zug rauschte in den Untergrund, fuhr in den Bahnhof ein. Der Fremde verfolgte, ohne seine Stellung zu verändern, das Treiben, ließ die Menschen an sich vorbei ins Freie auf den Perron, beobachtete teilnahmslos ihr Einsteigen, ihr Umsichschauen, Platznehmen. Die Türen schlossen sich, öffneten sich wieder. Er rührte sich nicht vom Fleck. Er, Friedemann, würde bleiben, notfalls bis zur Endstation.

Der mit der Baskenmütze ließ den Blick zur Rothaarigen schweifen, die ihn wie gestochen anstierte. Sie hatte denselben Geschmack wie Friedemann, und er haßte sie dafür.

Zögernd legte er die Hand an den Türgriff. Der Zug hielt, der Fremde blieb am Platz. Die Aussteigenden schoben sich an ihm vorbei.

Woher kam er? – Aus Belgien, Frankreich? Er, Friedemann, würde in das Graugrün seiner schmalen Augen unter den festen Strichen seiner dunkelblonden Brauen tauchen bis auf den Grund. Er würde sich hineinbohren, bis in die grauen Zellen darüber. Er würde ihn fragen, wer ihm seine Hemden, Jacken, Schals, Mützen besorgte. Er würde sich an seinen schmalen, blassen Mund wie eine Zecke verankern.

Wieder registrierte er einen Blick der Rothaarigen in Richtung des Fremden. Er knirschte mit den Zähnen. Der mit der Baskenmütze schickte einen zerstreuten Blick in die Runde und senkte ihn auf die Schuhspitzen nieder.

Wie er, Friedemann, ihn begehrte! Er vergegenwärtigte sich alles, was er war. Sah ihn nackt an irgendeinem Sandstrand stehen, ohne die Baskenmütze, ohne Schuhe, die Jacke. Schweißperlen traten auf seine Stirn. Dann fror ihn. Es schüttelte ihn förmlich. Wo wohnte der andere, verdammt noch mal!

Die Rothaarige stieg aus, dicht an dem Unbekannten vorbeistreichend. Friedemann atmete durch. Sie sah sich auf dem Bahnsteig nach ihm um, schob der Rolltreppe zu. Irritiert wandte der aus Toulouse oder Marseille den Kopf weg. An der Endstation richtete er sich gerade auf. Hintereinander verließen sie das Abteil. Friedemanns Gaumen fühlte sich trocken wie alte, graue Borke an; der Fremde schlug einen Kiesweg im Rücken niederer, schlichter Häuser ein. Der Himmel bedeckt, etwa vierzehn Grad. Fast unmerklicher Westwind. Morgen würde es regnen. Unter seinem leichten, lässigen Schritt knirschte es. Er sah sich um. Nur Friedemann befand sich in seinem Rücken. Er wollte anscheinend etwas sagen, setzte den Weg fort. Wo wohnte er, zum Teufel? Was trieb er tagsüber? Hatte er seinen Beruf? Studierte er und bewohnte hier an der Peripherie eine billige Bleibe?

Nach etwa zehn Schritten hielt er abermals an, um sich zu vergewissern, daß Friedemann noch in seinem Rücken weilte.

»Was willst du von mir?« rief er. Sein Deutsch klang wie das von Franzosen, die einen Deutschkurs absolviert hatten.

Friedemann schwieg. Die Frage war zu unvermittelt gestellt worden. Er suchte nach einer Entgegnung.

Unschlüssig blieb der mit der Baskenmütze am Platz, bückte sich plötzlich, hob eine Handvoll kleinerer Kiesel und schmiß sie nach Friedemann. Einige trafen, taten ihm aber nichts zuleide.

»Bist du der aus der S-Bahn?« schrie er.

»Oui!« schrie Friedemann zurück. Es handelte sich fast um das einzige französische Wort, das er kannte. Der Vorangehende ließ ihn näherkommen, die Baskenmütze etwas in die Stirn zurückschiebend. Anscheinend hatte ihn das Benehmen Friedemanns verunsichert. Der war heran und griff in die Tasche, den handlichen, billigen, japanischen Apparat zum Vorschein bringend.

»Darf ich eine Aufnahme machen?« fragte er.

»Weshalb?«

»Du bist ein schöner Junge!« entgegnete Friedemann leicht grinsend. »Ich möchte dein Bild im Zimmer haben!«

Er knipste den Jungen, der irritiert vor ihm verhielt. Friedemann schob die Kamera in die Tasche zurück, beugte sich vor und küßte den aus Toulouse oder Marseille rasch auf den schmalen, blassen Mund. Ehe der andere eine Abwehrbewegung machen konnte, wandte sich Friedemann der Station zu.

Auf der Heimfahrt hockte er regungslos an seinem Platz. Der Waggon schwach besetzt. Der Berufsverkehr vorbei. Vis-à-vis saß eine, die nach Lavendel roch. Nach der dritten Station fuhr man in den Schacht ein. Rohe graue Wände wischten vorbei. Zu Hause angekommen, kramte Friedemann zwischen Kassetten und brachte etwas von Brian Jones zum Vorschein, von Franz oder Schorsch oder sonst wem zurückgelassen. Friedemann schloß die Augen und ließ sich mit »Under my Thumb« vollrieseln. Der war doch, ja der war mit siebenundzwanzig im blauen Pool abgesoffen. Ja, war er!

Friedemann rappelte sich vom Sofa hoch und riß ein Fenster auf. Noch immer Westwind. Er würde diesen Jungen, der siebzehn Minuten lang neben ihm in der S6 gestanden hatte, vergessen. Sein Gesicht würde wie das von Brian Jones in einem blauen Pool absaufen. Denn das Foto bedeutete nichts, nichts. Ein Stück Papier, glatt, kalt, stumm, ohne Atem.

Knarrend schlug die Eingangstür zu »Mutti Bräu« zurück. Das kummerbläuliche Gesicht, das Gesicht einer traurigen Anemone, das Gesicht Frau Griesmeiers, erschien.

»Is Anschy da?«

Die Kellnerin Jasmin schüttelte den Kopf. Alle wußten jetzt, daß der Scheißkoch Anschy sie im Bett haben wollte.

Wie ging's weiter?

Man war schon ein bißchen neugierig drauf. Obwohl andererseits solche und ähnliche Verhältnisse im Viertel, aber auch anderswo den Seltenheitswert eingebüßt hatten. Die Väter waren Arschlöcher und Teufel zugleich, in Anoraks und bügelfreier Hose.

Aus einem Grunde hatte sich Sabina verspätet. Sie sprang aus dem Bus und hastete mit dem Gebinde von Tannen samt hübsch dekorierten Zapfen dem Friedhofseingang zu. Der Schnee sirrte unter ihren Füßen. Es herrschten einige Kältegrade. Die untergehende Sonne, eine rote Blutorange, warf schräge Blendbündel auf das Weiße. Ein schönes Bild. Sabina passierte die offene Halle, in der die Trauergäste sich um den Sarg scharten und zum frisch geschaufelten Grab zogen. Nun ließ sie sich Zeit und tauchte in das Rosa, das vom Schnee her alles übrige bepinselte. Grabsteine, Bäume, die Graugänse, die ein rauhes Schnattern ausstießen.

Sabina legte das Gesteck am Stein ab und verweilte. Die Hände, die sie ineinander verschränkt hielt, überlief der Rosafilm wie alles andere. Sie wandte sich. Nach einer Zeit blieb sie stehen. Wo war sie? – Das Areal zog einem Wäldchen zu. Unzählige Kreuzungen, Gabelungen, Parallelen ohne Namen und Fixpunkte. Das Korallenrosa war zurückgerufen an seinen Ursprung, ein sattes Syringenlila folgte nach. Sabina befreite sich vom Spinnennetz der Sehnsüchte, die alle um Konradin kreisten.

Welchen verkehrten Weg hatte sie eingeschlagen? Ohrläppchen, Zehen und Finger froren. – Irgendwann hatte eine dünne Glocke bellend losgeschlagen. Keine Menschenseele zeigte sich.

Ein schwarzer Ast reckte nach ihr. Auf manchen Gräbern brannten winzige Lichter wie zurückgekehrte Seelen.

Sabina setzte die Füße, das Ohr nach einem menschlichen Laut öffnend. Dieser Friedhof war dafür bekannt, daß sich viele drin verliefen. Sie kam an eine Kreuzung und entschloß sich für den Weg, der an einer Wiese entlangschlängelte. Mechanisch strebte sie voran. Ein schmales Etwas, ein Hauch, eine Wehe schwebte vor ihr, machte eine Drehung. Konradin zeigte sein Gesicht. Den Atem anhaltend, bog sie um einen Brunnen. Sein Grab! Sabina lehnte sich an ein dünnes Stämmchen.

»Du willst, daß ich hier bleibe!« säuselte sie. Gedanken kamen und gingen hinter ihrer Stirn. Ihr Atem stand weiß vor ihrem Mund. Plötzlich fiel ihr ein, daß sie noch heute einen Text abliefern müsse. Die Redaktion wartete darauf. Alle würden sehr ärgerlich, ja befremdet sein, wenn er ausblieb.

Sabina löste sich von ihrer Stütze, darauf achtend, daß sie während des Rückmarsches auf der richtigen Spur blieb, und fixierte wenig später das geschlossene Nebentor, eines von vielen, das hinausführte.

Sabina hängte die Tasche quer über die Schulter, um die Arme freizuhaben, und kletterte nach oben. Vorsichtig setzte sie einen Fuß über die spitzen Eisenpfähle, dann den anderen. Draußen weinte sie. Es war ihr, als sei sie feige vor einem Ruf, einer entgegengestreckten Hand, weggelaufen. Dann glaubte sie, daß sie weiterleben müsse, um zu trauern, und daß diese Trauer den Beigeschmack von unendlicher Süße hatte.

19

Ich beuge mich zu einem Grasbüschel runter

Aus Fredis Tagebuch:

»Es dämmert. Ich falle auf meine Lieblingsbank im Park am See. Nehme den Walkman vom Ohr, bekomme einen Wrigley in der linken Hosentasche zu fassen und werfe ihn ein. Eine einzelne Person, mit sich selber sprechend und gestikulierend, taucht auf, gönnt mir einen abwesenden Blick, als wäre ich eine Stockente auf dem Wasser, verschwindet.

Kaue am Gummi, knete ihn zwischen den Backenzähnen, taste ihn mit der Zunge ab.

Eine zweite Person nähert sich. Weiblich. Schwarze T-Shirts, schwarze Jeans. Bemerkt mich, geht anders als zuvor. Als sie nahe heran ist, sehe ich auf ihrer linken Kniescheibe ein farbiges Zeichen. Als sie mir den Rücken kehrt, sehe ich auf beiden Gesäßbacken große Risse, hinter denen das blasse Fleisch vorspitzt. Ich strecke die Beine in den Weg vor, die Knie durchdrückend, die Schuhspitzen fixierend. Später spucke ich den Wrigley aus und trabe am See entlang. Auf einer Bank streitet sich ein Paar. Die Frau springt auf, rennt vor mir her. Der Mann, einer aus dem Kosovo oder Grieche, setzt ihr nach, schüttelt sie, einen Wortschwall von sich gebend. Sie starren sich an und schreien gleichzeitig aufeinander ein. Aber heute nacht, so gegen eins, würden sie wieder miteinander bumsen. Großes Geheimnis zwischen den Geschlechtern.

Möwengeschrei über dem See. Ein alter Mann wirft eine

Handvoll Brotstückchen in die Luft. Alle stürzen sich drauf. Und was sehe ich noch? – Ein Mann begrüßt ein Mädchen, ein Mädchen begrüßt einen Mann mit dem Lächeln aus Semiramis Gärten. Zwei Damen, Kleidergröße achtundvierzig, streifen mich mit ihren Hüften. Ich umrunde den See zweimal. Die Sonne geht hinter der City unter. Von den Radfahrerrudeln her spüre ich Staub auf der Zunge, glotze ins Wasser. Die Beleuchtung wird eingeschaltet. Der Staub legt sich, das Laub umgrenzt silbergrüne Aura. Ein Mann nähert sich. Steingrauer Anorak, waschbare Hosen, spiegelnde Glatze. Ich hätte ihn gerne ertränkt. Das Restaurant am See wirft goldene Escudos aufs Wasser. Die Uhr einer fernen Kirche schlägt die volle Stunde. Über mir bewegen sich Blätter im kaum spürbaren Wind. Wieviel Grün es doch gab! Moosgrün, Weidengrün, Olivgrün, Buchengrün, Birkengrün, Tannengrün, Fichtengrün, Wiesengrün, Waldmeistergrün. In einer Pfütze schwimmt noch letztes Abendrot wie der rote Slip eines Girls.

›Armer Orest!‹ sage ich zu mir. Bin ich noch normal? Ich zünde mir eine an. An einem Tisch sitzt ein Paar. Trixi und ein unbekannter Junge. Sie trinken Bier und essen etwas von Papptellern. Ich kehre nach Haus zurück, dusche und lege mich. Nächste Woche beginnen die Semesterferien. August! Der durchdringende weiße Schmelz der Zähne Klytämnestras steht vor mir. Und die kleinen, grauen Augen Ägisths. Würde ich nur sie, Klytämnestra, töten oder beide? Der Haß glüht wie eine Esse in mir. Und was nachher? Müde wie der Löwe nach dem großen Fressen! Wie Gott nach dem letzten Schöpfungstag. Alles getan, was zu tun war! – Oder klein, schmutzig. Laus, Wurm, Schakal! Mein Atem geht polternd, als rumple ein Karren über Kopfsteinpflaster. Ich stürze zum Fenster, schlage die Flügel ganz zurück. Alles dunkel. Über mir ein einzelner, unruhig blinzelnder Stern. Ich höre den Pulsschlag ferner Galaxien. Jupiter schluckt den

Löwen, Venus und Mars vollziehen öffentlich am Himmel den Geschlechtsakt, lüstern beäugt von Wega und dem Großen Bären. Auf der Milchstraße würde ich der sanfte Hirte sein, die weiße Herde hütend. Sternenstaub auf den Wimpern. Der Schäferkarren von rauhem Holz, wie ich ihn mal im Fränkischen gesehen habe. Stoppelfelder, Abendrot. Die Tiere, auf den wolligen Rücken den Widerschein der Farben. Ich, der Hirte, an einen Stamm gelehnt. Der Hirtenstab mit dem gekrümmten Ende. Die Flöte von Rohr geschnitzt. Oder im Regen, den schwarzen, filzenen Umhang, den breitkrempigen Hut. Durch das Getröpfel das Geräusch der fressenden Tiere. Und der besondere Geruch. Wie vor fünftausend Jahren. Und im Karren die Decke und Heu. Hineinkriechen. In der Nase den Heuduft. Den Holzduft. Eine Büchse mit Nägeln, eine Dose mit Fett, der Brotbeutel, die Wasserflasche, Spinnennetze, Onanieren. Keine Familie, kein Nachwuchs mit Sabbermündern, Zahnschmerzen, schlechten Zeugnissen. Lieber dann und wann Aufbruch. Gras und heißer Himmel. Mazedonien! *Mazedonien!* Der rote Vardar! *Vardar!* Bis zur Brust in der roten Brühe. Still drin wie in Blut der Völker. Und der Schimmel hinter den Pferchen. Antraben! Weiber und Gold, Sklaven und Elefanten, Elfenbein, Seide, Perlen, wohlriechende Kräuter.

Vorbei an roten Felsen. Die thrakischen Berge, in der Mittagsglut kochend. Verlassen, *verlassen!* Nur die unter den runden Akazienschatten geflüchteten schwarzen Ziegen. Und Istanbul! Das Zimmer im alten Osmanli-Holzhaus am schwarzen Arm des Goldenen Horns. Stinkend vor uralten Schicksalen. Die Nächte voll von Wasser- und Fischgeruch. Im Hafen zwischen russischen, deutschen, amerikanischen, bulgarischen Seelenverkäufern über Trossen und Ölkanister und Melonenberge und Kohlenberge und festgezurrte Maschinen stolpernd. Das Schreien der dürren, ausgezehrten, voller Gebresten steckenden Katzen im Ohr. Eingefallene Lenden, Räude, Grind, fehlende Schwanzenden. In den Augenwinkeln Melancholie und Maden.

Wie Fische durchs Aquarium schwimmen, so schwimmen Bilder durch mein Hirn. Bunt und komisch. Süße Mohntascherl! Man müßte einen Kellner nach dem Phänomen des Links-Servierens befragen: ›Weshalb, Herr Ober, *Monsieur Maître*, servieren Sie von links? Ein altes Ritual? Vorchristlich? Von den Kelten oder Sueben her? Warum, warum?‹ – Tellerklappern. Die Hausfrauen vis-à-vis spülen das Geschirr. Die Männer nehmen vorm Fernseher Platz. Ihr Inneres ist ausgefüllt mit Bockwurst, Kartoffelsalat, Bier. Irgendein großes Bum-bum stand in den Nachrichten an. ›Guten Abend, meine sehr verehrten Zuschauer. Ab heute nachmittag wird zurückgeschossen! Siebenzehntausend Tote beim Erdbeben in ...‹ Rotes Wasser, roter Sand. Schakale, Haie. Weshalb leben meine Mutter, die Klytämnestra, und Ägisth, noch? – Funkstille. Das Schweigen in ihr, mit Wut beladen wie ein Schiff mit Sprengstoff. Und sie so geliebt! Ihren Duft, ihre weißen Brüste!

Ich lasse den Kopf gegen die Scheiben krachen und sehe mich, schmutzig, zerkratzt von Nadeln, Zweigen, scharfen Halmen an Händen und Waden, klein, rothaarig wie die Mutter, ein Scheusal. Und sie, lächelnd und üppig. Tatsache ist, daß ich an solchen Bildern kaue wie an einem alten, zähen, grauen Stück Kuhfleisch. – ›Hol über!‹ rief sie dem Fährmann zu. Wir waren am Fuß des Schafberges angekommen. Die Dämmerung brach mit einem unwahrscheinlich bunten Abendrot herein. Auf dem See eine Schicht von Blut. Niemand zu sehen. ›Hol über!‹ rief meine Mutter noch einmal. Wir zogen die Schuhe aus und ließen die Füße ins Wasser hängen, an der Schmalstelle zwischen St. Wolfgang und Zinkenbach. Wir scharrten mit den bloßen Zehen auf den blanken Kieseln im flachen Wasser. Die Plätte näherte sich vom jenseitigen Ufer. Der Fährmann, das Ruder bedächtig bewegend, zeichnete sich scharf gegen den Silberschild des Himmels ab.

›Ist Ihnen nicht gut?‹ fragt eine Frau, bei mir stehenbleibend. Sie fixiert mich teilnehmend. Ich stehe auf, ohne ihr Bescheid über mein Wohlergehen gegeben zu haben, und lasse mich auf eine andere Bank fallen. Der Nachmittag schreitet vor. Über der großen Wiese Wolken. Eine langsam ziehende Herde. Eine sieht aus wie Griechenland, eine wie England, eine wie eine Frau, auf der einer liegt, und eine sieht aus wie Schiller im Profil. Ein kräftiger Wind macht sich auf. Ein Westwind. Weich und feucht. Ich beuge mich zu einem Grasbüschel runter und sage ›Du!‹.

Alles ist gut! Ich bin nicht Orest. Bin Fredi und werde zu Ende studieren und die Fotografie der Mutter auf meinen Schreibtisch stellen. Ich werde nach Wien zurückkehren und einen Beruf ergreifen und auf der Karriereleiter emporsteigen. Vielleicht in die Politik gehen! Kultusminister werden. Theaterintendant werden. Drehbücher schreiben. Dozent, Regisseur. Ich könnte anschließend auf eine Filmhochschule. Oder nach Amerika!

Während ich denke ›Amerika‹, sehe ich mich die Hände an den Hals der Mutter legen. Sie reißt die Augen auf. ›Fredi!‹ Sie kann das Wort nicht zu Ende sprechen.

Neben Alban und Friedemann hausten noch andere alte Herrschaften im Viertel. Alban sah sie, etliche Jahre jünger oder älter, höchst ungern. Einige grüßte er und wünschte sie dabei zum Teufel. Trübselig beäugten sie das Pflaster zu ihren Füßen. Ein Dichter saß an freundlichen Nachmittagen an einem Tisch der spanischen Bodega im Freien, beide Hände auf den Stock vor sich gestützt. Hände voller blaugrüner Adern, graurötlichem Haargekräusel über den Handrücken verteilt, mit langen, gelblichen Fingernägeln. Sein trüber Blick ging an allen vorbei. Er hatte eine Menge Preise eingeheimst und Reisen bis nach Patagonien hinunter gemacht. Er hatte alles genossen und alle überlebt. Die Nazis, den Krieg, die Amis, viele Bundeskanzler, die Kollegen, die Richtungen, Stile. Auch Frauen. Man wußte, daß er nun allein lebte. Ein Fossil aus vergangenen Zeiten. Ein stehengebliebener Strunk im abgeholzten Wald. Manchmal wurde er zu einem Empfang gebeten. Man stieß auf ihn an. Er fuhr mit dem Taxi wieder nach Haus in seine einsame Wohnung.

Alle Weißhaarigen des Viertels waren mit Verachtung vollgepumpt wie ein Frosch mit Luft von bösen Buben. Sie lebten mit ihr, wie man mit Krebs lebte. Endphase. Dennoch konnten sie sich über manche winzigen Dinge ergötzen, an denen andere mit blinden Augen vorbeistreiften.

Einem Täuberich, der vor der Taube anmutige Verbeugungen ausführte, einem Kinderwagen, aus dem ein Säugling den winzigen Zeigefinger reckte. Nach was? Einem Hündchen, einer Brunnenfigur, einem Feuerwehrmann.

Sie brauchten nichts mehr. Dem Konsumtand hinter den Scheiben gönnten sie keinen Blick; die Eingänge der Banken aber fixierten sie kurz und wach. Sie wußten wohl um die Notwendigkeit materieller Absicherung, aber auch um deren Fragwürdigkeit. Das war ihr Leiden. Das Leiden der Wissenden, der Auguren und Adepten, Seher und Propheten.

An einer Ecke des kleinen Platzes lauerte das Team eines Senders zu einer Passanten-Befragung.

»Leben Sie gern hier?« wollte eine junge, fesche Reporterin von einer Dame mit grauen Haaren wissen, ihr das Mikrofon unter die Nase haltend. Es handelte sich um Frau Karl.

Sie wich erschreckt zurück.

»Mögen Sie Ihr Viertel?« wiederholte die Reporterin die Frage.

Frau Karl dachte nach.

»Ich würde lieber am Südpol zusammen mit Pinguinen leben!« mümmelte sie ins Mikrofon hinein. »Natürlich mit Fußbodenheizung, großen Panoramafenstern auf die Eisberge, und meinen Tabletten!«

Zufrieden mit sich torkelte Frau Karl davon.

20

Spiele im Dunkeln

Friedemann Beisack hat einen Neuen aufgerissen, der »Bei Pierre« in der Innenstadt kennt. Friedemann wußte nichts davon.

»Lernt man da was dazu?« Friedemann zeigt seine gelben Lamazähne. – Ein schmieriger Film lag über dem fleckigen Pflaster und den unordentlichen Läden. Antiquitäten, die an Trödelkram gemahnten. Billige Textilien für Anatolier.

»Bei Pierre« erreichte man durch einen langen, nur schwach erhellten Torbogen. In der Tür befand sich ein kleines, verspiegeltes Fenster. Der Neue zeigte sein Gesicht darin. Es wurde ihnen aufgetan. Drinnen dampfte ein Gemisch von Rot und Lila wie vor einem Taifun im Bermuda-Dreieck. Ein junger Schwarzer wies ihnen einen Tisch zu. Ein zweiter Junge, der als Kellner fungierte und um den ein offenes, rotes Seidenhemd wehte, mit glatt rasierter Brust, stellte zwei Aperitifs ab. Zwei blasse Jungens näherten sich. Der Neue grüßte sie durch Handaufheben. »Die sind aus'm Klo unter der letzten Brücke!« belehrte er Friedemann.

Die zwei Bleichen verschwanden hinter einer Tür neben dem Tresen. Es kamen Männer mit teuren getönten Brillen zu fünfhundert Deutschmark, Männer mit Halbglatzen und Falten wie deutsche Doggen, Männer mit ausgeprägten Zügen, die jeden Tag auf die Waage stiegen zur Gewichtskontrolle. Alle kannten sich.

»Das ist er!« hauchte Friedemann Beisack überrascht. Er ließ Messer und Gabel neben die soeben bestellte Pizza mit Schnekken fallen.

»Wer?«

»Mein Mörder! Der, der mich abschlachten wird!«

Ein Neuer hatte sich zwischen den enggestellten Stühlen zu einem freien Platz durchgezwängt. Nichts Auffälliges an ihm zu entdecken. Ein magerer Typ mit aschblonden fettigen Haaren im T-Shirt mit unleserlichem Logo. Er gesellte sich zu einem anderen, einem Dicken, der in seinem gestreiften Hemd stark schwitzte. Man trug die Hemden in diesem Jahr gestreift. Fein oder breit. Von den Ministern bis zu Kellnern. Daß der Dicke schwitzte, war kein Wunder. Er schaufelte eine große Portion Spaghetti mit grünen Pfefferkörnern in sich hinein.

»Warum er?« fragte Schorsch, der Neue.

»Ich kann es nicht erklären. Ich spüre es in den Fingerspitzen. Ich hatte mal mit ihm zu tun. Seitdem weiß ich, daß er mein Mörder sein wird!« Friedemann tat einen Zug am Weißbier. Die Hitze im Raum konnte man alles andere als gut heißen. Der Ventilator an der gegenüberliegenden Wand schaffte es nicht, Kühlung hereinzuwirbeln. Friedemann schob den Teller mit der Pizza von sich und zündete sich eine Zigarette an. Flüchtig blies er den Rauch durch die halbgeöffneten Lippen. Dann ließ er das weiße Ding im linken Mundwinkel hängen, als hätte er es vergessen. Schwache Wölkchen stiegen vom vorderen Ende auf, zugleich mit dem zarten Glimmen des glosenden Tabaks.

Die Tür öffnete sich wieder. Ein etwa fünfundzwanzigjähriger, blondbärtiger Mensch erschien. Um den Hals trug er einen Haufen Klimbim. Auch von den Ohren baumelte allerlei herab. Die Füße steckten in hochhackigen, roten Schuhen. Er sah aus wie Titus in Verkleidung.

»*Good-bye, good-bye, good evening!*« jubelte er, sich mit der schwer beringten, aber zarten Hand die Locken von den Schläfen streichend. Schorsch zischte an Friedemanns Ohr:

»Das ist der Südafrikaner! Die Familie hat eine Mine. Wer weiß, wie lange noch! Aber sie hat ihre vollen Konten überall. Keine Bange! Er wohnt im ersten Hotel und wirft mit Dollars und Rands um sich, die seine Bantus und Zulus in tausend Meter Tiefe für ihn zusammengekratzt haben.«

Der Junge tänzelte geradewegs auf ihren Tisch zu und ließ wieder sein »*Good-bye, good evening!*« erschallen. Er verteilte Kußhändchen nach allen Seiten. Ein Halbwüchsiger drängte sich zu ihm durch. Der Südafrikaner küßte ihn auf den Mund. Den Arm um ihn schlingend, verschwanden beide hinter der Tür neben dem Tresen.

Auf Schorschs Geheiß hin zahlte Friedemann. Dann schob er ihn ebenfalls diesem Ausgang zu. Ein Korridor, auf den Türen mündeten, wurde sichtbar. Schorsch steuerte einer Kabine zu. Beide entledigten sich der Kleider. Von da ging's in einen total finsteren Raum. Als erstes stieg Friedemann Beisack ein scharfer Spermageruch in die Nase. Dann spürte er Hände an den Schultern, Armen, am Rücken, an der Brust. Der Penis wurde von unsichtbaren Händen begrabscht. Links und rechts Seufzen, starkes Atmen, Krächzen. Einer hielt Friedemann am Glied fest, wie ein Girl kichernd. Einer schlang seinen Arm um ihn und zischte ihm etwas ziemlich Obszönes ins Ohr.

Friedemann wußte, daß er ein Schiff ohne Hafen war. Er spreizte die Hände vor sich ins Dunkel, als suchte er seinen Mörder. Ja, tatsächlich, er war auf der Suche nach ihm. Das war das Abgefeimte und Diabolische am Spiel. Man müßte, sinnierte er, das alles in Bilder umsetzen. Auch das: das Diabolische, Abgefeimte, Zynische. Oder verhielt sich alles ganz anders?

Friedemann stutzte, als er bei dieser Überlegung anlangte. Waren sie alle Jungens, die für irgendwas Ohrfeigen bezogen hatten und nicht wußten, weshalb?

21.

Die Reise wird angetreten

Alban langte nach einem Atlas und schlug die Seiten über das östliche Norddeutschland auf. Ein Vergrößerungsglas half ihm bei der Suche nach einer der winzigen Ortschaften. Flache Erde, flacher Horizont. Für manche Flecken gab es gar keinen Platz auf der Karte, so unscheinbar lagen sie mit drei, vier Gehöften im platten Irgendwo verstreut.

Wünsche, Oldern, Priesen. Fremde Namen, Örtlichkeiten weitab von Städten mit vertrautem Klang und Sinn. Hier und da ließ Alban das runde, scharfe, schwarz gefaßte Glas über der Karte schweben. Er mußte bis Oldern den Zug benutzen. Oder ging der weiter bis nach Wünsche?

Zuletzt stand er überlegend vor seinen Schränken. Er besaß wunderbare, reinseidene Krawatten aus Thailand, Indien, Ceylon, acht maßgeschneiderte Hemden, das Stück zu dreihundert Deutschmark, Jacken von einem irischen Designer und Pullover von der Normandie. Jemand würde kommen, alles prüfend in Augenschein nehmen und in einen großen, blauen Müllsack wischen. – Und der wildseidene, schilfgrüne Einreiher zu Zwotausenddreihundert? – Die Schuhe, jedes Paar vier blaue Lappen wert?

Alban ließ den Blick durchs Zimmer schweifen, kam aber zu keinem befriedigenden Entschluß, was die Weiterverwendung der begutachteten Dinge betraf.

Am nächsten Vormittag trabte er ziellos die breite Pappelallee entlang. An den Tischen im Freien saßen Leute bei Bier und Würstchen. Knack, bissen sie ab, mampften und gossen aus den Krügen nach.

Er spürte Hunger nach diesem und jenem. Es kam ihm in den Sinn, daß er in letzter Zeit ungebührlich an Gewicht zugesetzt habe, und wandte den Blick ab. Plötzlich wollte er Sabinas Stimme hören. Er hatte sie vor zwei Jahren zum letztenmal gesehen. Kurz entschlossen tauchte er in den U-Bahnschacht hinab und verließ ihn am großen Platz. Eilig wählte er, zu Hause angelangt, ihre Nummer. Das Belegtzeichen summte. Er knallte den Hörer auf die Halterung und wartete. Dann tippte er abermals ihre Zahlen ein. Noch tönte das hastige Tut-tut-tut. Er ging im Zimmer auf und ab. Von der Tür zum Fenster und zurück. Eine unauslotbare Verflechtung und Verstrickung mit ihr wurde ihm bewußt. Tief in ihn hinab reichte dieses Netzwerk. Verwachsen mit dem, was er war. Er stand starr in der Zimmermitte vor dieser Erkenntnis.

Wieder langte er nach dem Hörer. Diesmal ertönte das Freizeichen. Atemlos horchte er. Hatte sie die Wohnung verlassen?

Was wollte er eigentlich von ihr?

Seine Hand sank herab. In der Muschel machte es gedämpft »Hallo!«.

»Hier Alban!« meldete er sich.

Es blieb still.

»Sabina!« Alban räusperte sich.

»Ja!« kam es zu ihm.

»Ich will – ich wollte –,« fuhr Alban fort, »nochmals deine Stimme hören ...«

Nach einer Pause erwiderte Sabina:

»Meine Stimme?«

»Ja, deine Stimme!«

Wieder kehrte Schweigen ein. Alban wartete. Als nichts erfolgte, setzte er hinzu:

»Sag etwas! Irgendwas! Daß ich höre, wie du ...« Er dachte nach, wie er den Satz zu Ende bringen könnte.

»Wie geht es dir?« vernahm er, als habe sie die sonderbare Bitte nicht verstanden oder gehört.

»Gut!« versetzte Alban gedankenlos. »Ich werde verreisen!«

»Ach, wohin? Tunis-City, Alexandria, Baalbek, Sidi Bou Said?«

»Nein«, erwiderte Alban, dem Klang, der Art, wie sie die Worte, Sätze, Silben setzte, nachlauschend.

»Wohin dann?«

»Mit dem Zug werde ich fahren!«

»Na sowas! – Hat auch seine Reize!«

»Ja!« Mehr wollte Alban nicht von sich geben. Aber er fuhr fort: »Ich lese deine Sachen in der Zeitung ab und an!«

»Ach ja!« Alban hörte etwas von sanftem Gleichmut in ihrer Entgegnung.

»Und wohin konkret geht die Tour?« wollte sie wissen.

Alban blieb stumm.

»Schick mir eine Karte!« bat Sabina.

Alban hielt den Hörer in der Linken, ohne einen Mucks zu tun.

»Ich weiß, wohin du gehst!« drang Sabinas Stimme zu ihm. Plötzlich hoch und dünn wie eine Kinderstimme.

Alban nickte.

»Mach's gut!« brach er das Schweigen und legte auf.

Alban war darauf bedacht, die Reise in korrekter, wenn auch legerer Kleidung, anzutreten. Er würde den Trenchcoat mit den Schulterklappen, weit geschnitten, gefüttert, wadenlang, anziehen, dazu einen Kaschmirschal tragen, beige, grün, etwas blau, ein Sakko vom Iren, eine dreißig Grad waschbare helle Hose, locker auf dem Rist über den Schuhen aufliegend.

Am übernächsten Tag fuhr er los. Im Abteil saß ein Ehepaar vorgeschritteneren Alters und ein junger Mensch aus dem Osten. Alban tippte auf Pole oder Weißrusse.

Der Zug war noch geheizt, obgleich höhere Wärmegrade herrschten. Die vorbeiflitzenden Bäume, Gehölze, Gärten, lebenden Zäune trugen schon ein schüchternes Grün. Albans Augen hafteten an den jungen, lebendigen Zeichen, die zu Farbe geworden waren. Zerfledderte Wolkenfetzen hingen links oben und füllten den weiten Raum mit einer Spannung, die bis auf Wälder, Ortschaften und Straßen herunterreichte. Ausgedehnte blaue Flecken ließen die Hoffnung aufkeimen, alles würde gut. Fast ein Versprechen, das nicht gebrochen werden dürfe. Den Westen belagerten vielfältig gegliederte, hochbauschende, aber auch düster gefärbte Wolkengebirge, hinter denen lange, goldene Speerspitzen hervorschleuderten. Ein bemerkenswertes, mächtiges Bild. Kurze Schauer gingen nieder. Es handelte sich um einen beschleunigten Eilzug, der viele Stationen ohne Halt passierte.

Alban wurde die Gegend fremdartig, obwohl es sich um bundesdeutschen Boden handelte. Einige Male machte er Aufnahmen hinter den Scheiben und hoffte, daß sie die zwittrige Unwirklichkeit wiedergaben, die er im Sinn hatte.

Am späten Nachmittag erreichte er einen Ort namens Trebbin. Er kletterte aus dem Zug. Die Gegend zeigte sich flach und schon von der Dämmerung heimgesucht. Das wegschmelzende Licht war eine Herausforderung. Er zückte die Kamera. Der schwarze Asphalt unter seinen Füßen spaltete sich in zahlreiche Risse, in denen Regenwasser glitzerte. Eine einzige Neonröhre vor dem flachen Bahnhofsgebäude ruckte schwerfällig im böigen Wind. Eine schwach belaubte, dürftige Akazie stand in der Mitte des unregelmäßig verlaufenden Feldes, das von Schritten, die sich in der Ferne verloren hatten, erzählte.

Alban hielt nach einem Schild mit der Aufschrift »Hotel« oder zumindest »Pension« Ausschau. Vergeblich! Auf der gegenüberliegenden Seite stand eine Person vor einem elend erhellten Schaufenster, das, soweit er erkennen konnte, Puppen mit ausgestreckten Armen zeigte. Ein Textilladen. Er überquerte das Gelände.

»Verzeihung«, wandte er sich an die Gestalt, die eine graue Strickjacke, einen Schal mit roten Blumen darauf und Hosen trug, deren Schnitt schon lang passé war.

»Verzeihung«, sagte Alban nochmals, »gibt es hier ein Hotel oder eine Pension, in der man übernachten könnte? Ich komme heute nicht mehr weiter!«

Die Angesprochene starrte ihn wortlos an. Eine Frau, aschblond, mit breiten Backenknochen und großem, feuchtem Mund, hinter dem etwas schräg stehende Zähne sichtbar wurden. »Pension?« fragte sie endlich gedehnt, als hätte sie das Wort noch nie gehört. »Pension?« Sie dachte nach, wobei sie ihn mit niedergleitendem Blick musterte: den flotten Trench, den Schal, den Schulterbag, den Fotoapparat.

»Ja, für eine Nacht! Ich komme heute nicht weiter!« wiederholte Alban seine Rede.

Die Frau nahm eine Einkaufstasche von der Rechten in die Linke und wies vage in eine Richtung.

»Da, hier rein! Da gibt es ein Gasthaus. ›Zur Brücke‹ heißt es! Die haben Zimmer. Drei, vier, glaube ich. Gästezimmer. Aber kein Komfort!« Die Frau ließ den Blick wieder auf dem Trenchcoat und den übrigen Kleidungsstücken ruhen.

»Aha!« nickte Alban. »Das ist gut! Okay! Danke sehr!« Er grüßte lächelnd, was ihn im Licht der Neonlampe überraschend anziehend machte. Er ging in der gewiesenen Richtung weiter und stand am Anfang einer Gasse, die mehrere Baulücken aufwies, aus denen rauhes Gestrüpp in sie hineindrängte. Von einem niederen Komplex drang Brummen und Scharren. Diese Geräusche berührten Alban seltsam vertraut. Urgeräusche von Weiden und Ställen, die überall die nämlichen waren.

Nirgends brannte eine Laterne. Lediglich aus einigen Fenstern sickerte Licht von Niedrig-Watt-Birnen, wie man sie in Ställen oder Schobern gebrauchte. Doch etwa hundert Meter weiter vorn sichtete Alban ein Schild, das zu einem Gasthaus gehören mochte. Er winkte grüßend nach der Frau in der Strickjacke zurück. »Zur Brücke« las er, und gleichzeitig hörte er mäßiges Fließen unter einem Steg, der im Wirtshausschild zur Brücke erklärt worden war. Er drückte eine schmiedeeiserne Klinke nieder und befand sich in einem halbdunklen Gastraum. An einigen Tischen saßen Männer. Eine Gruppe spielte Karten. Die Blätter klatschten auf die Tischplatte, von Ausrufen begleitet wie »Da hast du's!« oder »Nimm's leicht!« oder »Rache für Sadowa!«

Alban wählte einen Platz nicht weit davon, doch nahe der Theke. Alles um ihn herum dünkte ihn nah und fern, vergangen und weite Zukunft, Raunen und Weisen in Räume voller Doppelsinn und Ahnungen. Fünfzig Jahre waren weggewischt wie Kreidestriche von einer Tafel.

Hinter dem Tresen tat sich eine Tür auf. Eine Alte mit weißen, strahlenförmig um den Kopf stehenden Haaren wurde sichtbar. Er nickte ihr zu. Langsam kam sie näher. Alban eröffnete ihr wie vorher der Frau auf dem weiten Platz seinen Wunsch nach Übernachtung. Sie mochte die Wirtin oder auch nur eine Angestellte sein.

»Sie kommen von Frankfurt?« wollte sie wissen.

»Nicht ganz!« Alban lächelte wie draußen unter der einsamen Neonröhre. »Kann ich etwas essen und dann bei Ihnen übernachten?« Bedächtig, als sei es eine schwerwiegende Entscheidung, nickte die Alte. Zwei Männer, die stumm vor Schnapsgläsern hockten, hefteten ihre Blicke auf Alban. Er war sich dessen bewußt, daß sie brennend gern ein Gespräch mit ihm begonnen hätten. Er aber wollte nur zwei elementare Bedürfnisse, Hunger und Durst, stillen. Was die Alte mit den wegstehenden weißen Haaren herbeitrug, konnte weder gut noch schlecht geheißen werden. Allem Anschein nach handelte es sich um etwas, das seit Mittag in den Töpfen gebrodelt hatte. Alban aß langsam und deponierte das, was ihm mißfiel, am Tellerrand. Das Bier einer Berliner Brauerei schmeckte ihm. Er zündete sich eine Zigarillo an, was von den abseits hockenden Männern mit Aufmerksamkeit verfolgt wurde.

Durch die gardinenlosen Scheiben sah die mondlose Nacht in die Wirtsstube. Bier wurde verlangt. Die Alte ließ es aus dem Zapfhahn schäumen, wischte die hellgelbe Nässe weg und brachte das Glas an einen benachbarten Tisch. Alban wünschte wieder wie vorhin das sanfte Muhen und nachfolgende Scharren hinter einer halboffenen Tür zu hören. Die Alte schlurfte zu ihm heran. Als sie einen nassen Fleck erspähte, wischte sie ihn mit einem Tuch weg.

»Sie kommen nicht von Frankfurt?«

»Nein!« Alban lächelte schwach, den Zigarillo in die Linke nehmend.

»Ja, es ist schwer!« seufzte die Alte zusammenhanglos. Sie ließ sich über die Bedeutung des Satzes nicht näher aus, nickte noch einmal und setzte hinzu »Sehr schwer! Mein Sohn lebt in Frankfurt! Er verdient gut.«

»Ich glaube es!« versicherte Alban.

Die beiden Männer vor ihren Schnapsgläsern waren ersichtlich entschlossen, sich in das Gespräch, das so vielseitige Aspekte in sich barg, einzuklinken. Aber Alban hatte nicht im Sinn, ihnen bei diesem Vorhaben behilflich zu sein. Er bat die Greisin um die Rechnung und erkundigte sich, ob er morgen Frühstück erhalten würde.

»Um welche Zeit?«

»So gegen acht Uhr!«

Die Wirtin beteuerte es. Sie begab sich zu einem Bord und legte ihm einen Schlüssel altmodischen Ausmaßes mit der Nummer vier neben das Bierglas.

»Erster Stock gleich links!«

»Ja, es ist alles schwer!« versicherte sie Alban wieder. »Aber es soll ja besser werden. Mein Sohn in Frankfurt verdient gut. Ich werde ihn im Herbst besuchen!«

Alban trank sein Glas leer, griff nach Mantel und Tasche und verließ grüßend den Gastraum. Das Zimmer weitete sich überraschend groß und hoch, mit umlaufender brauner Täfelung, vor ihm. Alban durchmaß es, um eines der Fenster zu öffnen. Fast vollkommene Dunkelheit umgab ihn wie eine weite, schwarze Pelerine, ein Reitermantel. Und da war es, das Urgeräusch: Dunkles, rollendes Poltern und Brummen aus einem Stall rechterhand. Dann gedämpftes Klirren von Ketten, Scharren, Rascheln. Stimmen, die Geschichten erzählten. Einfache Geschichten, eine einfache Stimme. Im Dunkeln zog er sich aus, trat an den Waschtisch heran, ein Stück aus vergangenen Zeiten mit einem, wie er schattenhaft ausmachte, deutlichen Sprung, der ihn befürchten ließ, das eingelassene Wasser würde umgehend hindurch auf den Boden plätschern. Er beließ das Fenster weit geöffnet und versuchte einzuschlafen. Böige Windstöße bewegten die Fensterflügel. Er erhob sich, tastete nach einem Haken und fixierte sie daran. Seine Gedanken liefen vor und zurück wie spielende Hündchen. Tage, Stunden, Abschnitte der Vergangenheit standen wie mit dem feinen Griffel gezeichnet vor ihm. Einfältige, schlichte Augenblicke. Er, Sabina, Konradin. Die Kleinkindersprache, die sie im Umgang mit ihm gebrauchten. Einfaches Glück von Tieren, die die Jungen betreuten von immerher.

Kurz vor dem abermaligen Abtauchen in den Schlaf wußte er, daß die Leere in ihm, das schwarze Loch, das gähnte, sich auffüllen würde mit Vergessen wie Asphodelen auf den südlichen Wiesen.

Sabina hatte sich im Irrgarten ihrer Visionen, Fantasien und Vorstellungen verheddert wie die Katze im wirren Wollknäuel. Kein Ausweg mehr. Nur Falltüren, die über ihr zuschlugen. Vorm Grab Konradins zog sie aus der Tasche den Flachmann und kippte daraus einiges.

Konradin hatte es als Kind gerne gesehen, wenn sie vor ihm tanzte. Also hob sie die Arme, einen Pas nach rechts, einen nach links, schnalzte mit der Zunge, knallte mit Daumen und Mittelfinger. Die Graugänse schrien, ein Eichhörnchen, anscheinend immer dasselbe – es mochte im Baum hinter dem Grab seinen Wohnsitz haben –, flitzte an ihr vorbei; die Sonne strickte in der Buche mit deutlich saftig-grünen, wie polierten Blättern Goldfaden um Goldfaden.

Und da saß er, Konradin, am Rand des Vierecks, wie ein Kinderspielplatz mit Albans Muscheln von der Ägäis, den Steinen von der Nordsee bis nach Gibraltar, mit Kerzen und Bildern.

Sabina bewegte sich, die Augen blicklos vor sich hingerichtet, ein Pas nach rechts, ein Pas nach links, mit Daumen und Mittelfinger schnalzend. – »Du hast doch dem Lehrer die Tasche

getragen ...« Die Zeit floß verkehrt wie ein Fluß, den ein Zauber-
stab berührt hatte und der nach allen Orten zurückschwappte,
die er schon kannte. Alte Gesichter verjüngten sich, Tote standen auf, schüttelten ihr die Hand, stiegen in Autos, fuhren davon, zurückwinkend. Sie, Sabina, trat ans Fenster. Da grüßte er,
Konradin, herauf, die Schulmappe im Gepäckträger verstauend.
Er hatte einen Helden als Vater. Er, Konradin, würde einen Beruf
ergreifen, ein Auto besitzen, einen Tennisschläger, ein Leben.

Der Fluß rollte und rollte zurück. Sabina setzte den Fuß nach
rechts, nach links, schnalzte mit Daumen und Mittelfinger.

»Du hast doch dem Lehrer die Tasche getragen ...«

Aber, besann sie sich – die »Schmuddelkinder« konnte man
rhythmischer tanzen. Das hatte mehr Elan und Schmiß.

»Spiel nicht mit den Schmud-del-kin-dern, sing nicht ihre Lieder ...« holte sie aus ihrem Gedächtnis hervor.

Die Graugänse schrien, das Eichhörnchen, das in der Buche
seinen Kobel hatte, stellte sich auf die Hinterfüße, mit den Vorder-
pfötchen irgendwas beknabbernd.

Sabina nahm sich vor, dem Rotpelzchen das nächstemal was
mitzubringen. Nüsse, Kuchenreste, Kerne. Daß sie nicht schon
lange darauf gekommen war! –

Zu Hause entkorkte sie eine weitere Flasche und trank. Entzückt spürte sie die Veränderungen und Verschiebungen, Ver-
werfungen, den Schwebezustand, das Übergleiten aller Materie
und Schwere in Fantasie und Erlösung.

22

Erpelswing

Ein Hahn weckte Alban, als der erste Grauschimmer ins Zimmer kroch. Er schlief, ein Lächeln auf den Lippen, nochmals ein. Gegen sieben Uhr schreckte er wieder hoch. Mit hinter dem Kopf verschränkten Armen blieb er noch etwa eine Viertelstunde liegen. Das Kissen bauschte sich hoch in seinem Rücken, über dem Plümo lag eine Steppdecke von roter Kunstseide. Er hatte nicht frieren müssen.

Kurz nach acht Uhr trat er ins Freie. Sofort schwappte ein frischer und starker Geruch nach brachen Schollen und feuchten Furchen, Laub und Gras auf ihn zu. Zwischen den locker sich gruppierenden Gebäuden breiteten sich die Acker und Weiden, durchzogen von Hecken und niederem Gesträuch.

Noch immer bewegte sich alles Leichte und Lebende im Wind von Osten und gemahnte an ewigen Aufbruch, immerwährende Wanderschaft und Reise der Seelen und festen Körper zu Zielen hinter allem Greif- und Sichtbaren.

Wieder nahm Alban den Apparat zur Hand. Es würden gute Bilder. Aus einer Sicherheit heraus, die er nicht hätte erklären können, war er davon überzeugt. – Wer würde sie zur Hand nehmen?

Am Platz vor dem winzigen Bahnhof reihten sich einige Autobusse. Alban fragte nach den Endzielen. Haltepunkte befanden sich vor einsamen, windschiefen Bretterhütten oder Wegschildern einer Gemeinde, die auf keinem Planquadrat vermerkt war. Alban erkletterte einen von ihnen, dessen Endziel »Wünsche« vermerkte.

Erstes Grün an Hecken und Stauden, ein Geländer über einen Bach, zurückgenommene Lieblichkeiten einer flachen Welt drängten sich niemandem, auch Alban nicht, auf. Im Bus, einem bejahrten Gefährt, in dem jede Seele qualmen durfte, saßen Leute aus der Gegend, die einen Dialekt sprachen, den Alban noch mitbekam. Er wurde mit Seitenblicken bedacht, die ihn nicht weiter bekümmerten.

Die Sonne stand noch hoch, die Sommerzeit log einen längeren Tag herunter. Alban mochte sie. Sie störte ihn bei keinem seiner Vorhaben. Er hob den Bag auf die Schulter und schob sich dem Ausgang zu. Erpelswing! – Vier, fünf niedere Anwesen. Weder Kirche noch Wirtshaus noch so etwas wie ein Rathaus auszumachen. – Mit ihm hatten zwei weitere Personen den Bus verlassen. Sie wandten im Weggehen die Köpfe nach ihm.

Alban sah sich um. Etwas wie ein Platz lag vor ihm, von dem einige Teerwege in verschiedene Richtungen liefen. Einen dritten hatte man als Sandspur belassen, in dem breite Fahrrinnen von wenn auch geringem, doch immerhin stattfindenden Verkehr kündeten. Einer der mit ihm ausgestiegenen Fahrgäste wartete anscheinend darauf, daß ihn Alban um Auskunft bitten würde. Doch Alban scheute sich. Was sollte er sagen? – »Wo befindet sich hier in der Nähe ein Gehölz, ein Fichtengehölz, bitte, zu dem ein Feldweg führt? Vor genau einem halben Jahrhundert hat sich hier folgendes zugetragen.« –

Alban rückte den Riemen auf der linken Schulter zurecht, warf das eine Ende des feinen Kaschmirschals nach hinten und marschierte los. Als er den Schutz der niederen Häuser verlassen hatte, griff der starke Wind nach ihm. Ein Ostwind, der den Trenchcoat trotz seiner warmen Flanellfütterung durchbiß. Damit hatte Alban nicht gerechnet. Er band den Schal fester. Seine Hände, die Nase liefen rot an. Er mußte energischer ausschreiten, dann würde ihm warm werden. Er wählte eine Spur im Sand, die ihm erlaubte, Fuß vor Fuß zu setzen. Mit zusammengekniffenen Lidern sah er nach vorn. Er hatte sich, gestand er sich, noch nie in einer so gottverlassenen Gegend aufgehalten. Zwei Birken bogen die dünnen, gesprenkelten Äste, noch kaum belaubt, in den beißenden Ost; die schlankeren Zweige fegten und peitschten im Leeren. Links hoben sich schwarze Schollen dem flachen Himmel zu, den ein dunkler Strich begrenzte. Die Fichtenschonung von damals? – Alban war sich nicht sicher. Er maß die Entfernung. Auch links von ihm lagerte ein Gehölz in der platten Endlosigkeit.

In einer Überlandleitung, die mitten durch die Schollen zog, sang der Wind die Lieder von Panzern, die hier einmal gerollt waren.

Alban überquerte auf einem Steg einen trüben Bach. Der Weg gabelte sich. Ein Zeiger trug ein Holzschild, auf dem etwas Unleserliches stand. Alban entschied sich, dem Gehölz linkerseits zuzustreben. Er wühlte seine Hände tief in die Manteltaschen und stapfte vorwärts.

Immer noch türmten sich auf der südlichen Hälfte des Himmels gewaltige Wolkenmassen, unterschiedlich gefärbt, drohend geballt wie Fäuste, an manchen Stellen von der Sonne rosa und fliederviolett getüncht.

Alban zerrte den Apparat hervor und knipste mit steifen Fingern. Er war gezwungen, auf den Weg zu achten. Von fern drang ein ratterndes Rollen zu ihm. Weit rechts mußte sich eine Fahrstraße befinden. Ein Traktor oder etwas Ähnliches zog flott dahin. Alban stapfte weiter, das Gehölz fixierend. Handelte es sich bei ihm um das eine, das einmalige, vor einem halben Jahrhundert mit jungen Uniformierten, fast noch Kindern, bevölkert, die in die Mündungen von Maschinengewehren starrten?

Alban tat Schritt vor Schritt im Wind, der ihn biß, fertigzumachen versuchte wie ein Wolfsrudel. Er erreichte den Saum der Schonung, die im Lauf der Jahre breitstämmig herangewachsen war. Ein Wunder, daß es sie überhaupt noch gab! Oder erlag er einer abgefeimten Täuschung?

Im Windschatten hielt Alban an, zog mit klammen Fingern sein Taschentuch und schneuzte sich. Danach sah er aufmerksam nach allen Seiten, tat einige Schritte. An einem Stamm lehnte eine morsche Holzbank mit teils durchgebrochenem Sitz und schief hängender Rückenlehne. Alban glaubte sich zu erinnern, diese Bank damals gesehen zu haben.

Über ihm rutschte eine Krähe auf einem Ast weiter vor. Das Windsausen verminderte sich. Es machte den Wald wie das Flüstern einer beschwörenden Stimme lebendig. Alban horchte ihm nach. Es war, als träfen das Wissen und die Weisheit aller Welten, die Scham und die Trauer, die Wut, der Wahnsinn genau hier, an diesem jämmerlichen Ort, dem Un-Ort der vergangenen Epoche, zusammen. Wie würde es mit Sabina weitergehen? Sang sie noch mit ihrer hübschen Stimme die Lieder der Jahre, als sie alle noch an die Zeit glaubten und Ski fuhren und ihre Träume mit Wein begossen und den Tod für einen Kraken in tausend Meter Tiefe hielten?

Alban stierte in das Dunkel des Gehölzes hinein. Was war Lüge, was war Wahrheit! Er hatte das Knarren eines Fensterflügels gehört, eine Rechnung bezahlt: Abendessen, zwei Bier, Übernachtung, Frühstück. Wiedersehen, vielen Dank! Das Brummen aus dem Stall wird mich begleiten. Den Bag übergeworfen, der Bus, die Wolkenbilder. Siebzig Jahre weggewischt wie Kreide von der Tafel. Und dieser Un-Ort – das Zentrum des Universums. Warum seid ihr so blaß, Kameraden? War er das, Alban, oder nicht? Da singt ja, doch ja, da singt die Amsel! Und ich, Alban, dachte, es wäre eine Krähe!

Alban sah in die Augen Konradins. Von den feuchten Schollen stieg weißer Dunst, wie ein Beet weißer Blumen darüber verharrend. Alban fuhr in die Innentasche des Sakkos, brachte ein Kaliber 7,65 zum Vorschein, entsicherte, setzte es an den offenen Mund und drückte ab.

In den Sekundenbruchteilen zwischen Abdrücken und dem Knall dachte er ein letztes Mal an das Mysterium von Eros im Kosmos. Die Vereinigung des Harten mit dem Weichen. Einschlagende Meteoriten, riesige Krater! – Das alles hatte er deutlich machen wollen. Schade, daß es den Bildband nie geben würde!

Im Pulverschmauch und dem Krach aus dem Kaliber 7,65 flog die Amsel erschreckt davon.

Udos guter Onkel Alfred hat das Zeitliche gesegnet. Der, von dem sich Udo ein rundes Sümmchen, mindestens hunderttausend Emm, als Erbe erhoffte. Das war so sicher wie das Amen in der Kirche. Er würde in eine zukünftige, krisensichere Existenz investieren. Er tippte auf seinem Home-Computer Software ein und speicherte und rief ab und freute sich schon über das Gesicht seines Vaters, des alten Arschlochs, bei der Testamentseröffnung.

Natürlich reihte er sich unter die Trauergäste hinter Onkel Alfreds Sarg. Er suchte den Blick seines Vetters Rudi, der ihm jedoch auswich. Der hatte im Moment und auch die nächsten Wochen über anderes zu tun.

Diese vergingen, ohne daß sich Vetter Rudi meldete. Schließlich rief er ihn an.

»Hallo, hier Udo! Wie geht es dir?«

»Ja, hallo! Es geht schon. Viel Arbeit!«

»Is klar!« Udo spitzte die Ohren. Der andere mußte doch auf die Summe zu sprechen kommen, die Onkel Alfred ihm, Udo, zugedacht hatte.

»Weißt du«, raffte sich Udo auf, »ich bräuchte Geld für ein Objekt. Unheimlich günstig. Ohne Provision! Eine Eigentumswohnung in Bestlage!«

»Welches Geld?«

»Na, du bist ein Scherzbold! Onkel Alfred hat doch verfügt, daß mindestens hunderttausend Emm von seinem Nachlaß an mich gehen sollten!«

»Hast du das schriftlich?«

Udo horchte in die Muschel hinein, ohne zu antworten. Auch der Vetter Rudi schwieg.

»Aber ...«, tönte Udo endlich, »aber im Testament muß doch ...«

»Es gibt kein Testament!«

Wieder kehrt auf beiden Seiten des Drahts Schweigen ein. Udo denkt an Wabo, der ihn mal dasselbe gefragt hat wie Vetter Rudi, als er, Udo, vom guten Onkel Alfred und seinem Entschluß, Udo das runde Sümmchen zu vermachen, erzählte. Schließlich nimmt er den Hörer vom Ohr und beguckt ihn wie ein Geschöpf aus Fleisch und Blut. Dann legt er ihn mit müder Hand, als sei er ein zentnerschweres Stück, auf die Gabel. Er hat Maschinenbau aufgegeben und geht auch auf keine Akademie, weder hier noch in Wien. Er hat eine Wirtschaft gepachtet und ist Kneipier. Sein Publikum ist gemischt. Er steht selbst hinter der Theke und braust Pils und Lager und Märzen und Weißbier aus dem Chromhahn. Seine Eltern lachen nur noch selten, obgleich Udo eine gesunde Konstitution hat und unauffällig in den Tag hineinlebt.

23

Totales Besäufnis

Am Rand des ungeheuren Geländes langten Friedemann und Schorsch, der Neue, per Rolltreppe oben an. Den Himmel beleckte die riesige Zunge Abendrot zimtig und kardinalpurpurn. Das erzene Standbild auf dem Hang warf einen drohenden Schatten über Buden, Zelte, Stände, an denen Äffchen an Gummistrippen wippten. Der Krach war enorm und würde sich noch steigern. Friedemann trat in ein Häuflein säuberlich geschichteter Pferdeäpfel. Die Umstehenden lachten. Das sechsspännige Fuhrwerk ruckte an. Urweltliche Kaltblüter an Deichseln, behängt mit besticktem Leder- und Zaumzeug, Riemen, Kumen, Schabracken stampften vorwärts, die Hufe schwarz und blankgewichst, furchterregenden Umfangs. Friedemann griff nach dem umgehängten Digital Camcorder 6,35 cm für Zweitausend- siebenhundert Deutschmark und drückte auf »Go«. Schorsch erwartete sich von diesem Abend, dieser Nacht, Besäufnis pur. – Er mochte die rotschwarze Blume »Rausch«, ließ sich gegrillten Fisch, Teller voll Fleisch, Knödel und so weiter im Freien unter rotglühenden Strahlern schmecken. Man rückte zusammen. Eine Alte ohne Enkel oder sonstige Angehörige spießte auf ein spitzes Messer Fleischstücke und kaute unverdrossen vor sich hin. Ihre Backenmuskel bewegten sich rhythmisch. Sie langte zum Henkelkrug, trank und sagte etwas, was im Getöse einsetzender Blasmusik unterging.

Schorsch schnappte sich ein resch gebratenes Huhn, brach

von der weiß-salzigen Breze ein Stück ab und schlang in sich hinein, was er in die Backentaschen bekam. Friedemann zog wieder den Digital Camcorder zu sich her. Plötzlich fielen die sieben Schleier, die vor allen Geheimnissen des Lebens lagen. Er stöhnte vor dem niederschmetternden Wissen, stellte den Apparat neben sich und trank wie einer, der aus der Wüste kam. Tiefe Schlucke, als sei ihm befohlen, einen Brunnen leer zu trinken.

Die allzu bunten Farbspiele waren vom Himmel gelöscht; ein infernalisches Heulen hob an. Tausend Lichttöpfe explodierten, ein häusergroßes Etwas rotierte, überschlug sich, fetzte in die Nacht davon. Schorsch hielt mit Kauen und Schlucken ein. »Damit möchte ich auch fahren!« bettelte er. Er redete Dialekt. Ein Luftballon, von einer Hand entwischt, flüchtete über den Köpfen. Er würde weit oben stehenbleiben, ein Wächter und Lauscher, im Morgengrauen zerspringend. In den Pfützen, die ein schneller Regen hinterlassen hatte, spiegelte sich letzter Abschied. Die Schiffsschaukel links von ihnen orgelte von vergangenen Kindheitsfreuden: Goldschnüren, Spiegeln, blondlockigen Feen, die Schätze verteilten, Schwänen, die ins Land irgendwo ruderten, Schimmel auf grünen Weiden, die Burg der Väter, Ritter waren die. Die Schaukeln berührten mit ihren Spitzen die samtene Decke, die Menschen drin aber wollten ins Universum weiter, und sie lächelten auch, als ob sie alles darüber wüßten. Ein Männchen in gelber Jacke mit goldenen Kugelknöpfen und militärischen Epauletten, an den Füßen hochglanzpolierte Reitstiefel, bremste die Fahrt ab. Man kehrte auf die schlimme Erde zurück. Ein Totenkopfäffchen im grünen Frack wanderte auf einem Seil, die traurigen Augen in den fernen Dschungel gerichtet, in dem man seine Mutter abgeschossen hatte. Zwei Frauen, zusammen hundertneunzig Kilo schwer, bestiegen zwei Ponies, die den Kopf hängenließen, als sie das Vorhaben der Damen ahnten. Zwei Schwarzafrikaner tranken an einem Stand Coke. Einer mit Boxerschultern. Beim anderen handelte es sich um Nuri, den Schorsch flüchtig kannte. Er erhob sich und zwängte sich zu ihm durch, Friedemann im Rücken lassend, der wieder nach der Videokamera griff. Schorsch legte dem Schwarzen die Rechte auf die Schulter. Er drehte sich mit einem Ruck um. Das Weiße in seinen Augen blendete. Das Lächeln gefror einfältig.

»Feuer!« grinste Schorsch, eine Lucky zückend.

Nuri entspannte sich, holte eine Schachtel Streichhölzer aus der Tasche und bediente den anderen.

»Danke!« Schorsch paffte. Friedemann besah sich den Afrikaner aus den Augenwinkeln. Im Westen lagerte es nun rostrot wie ein Acker erfrorenen Mohns. Wolken kamen von fernher wie fremde Schiffe aus unbekannten Häfen. Vielleicht hatte Nuri, der Schwarze, Syphilis oder den Tripper oder Aids, oder er bekam eins von den dreien oder alles zusammen heute nacht um null Uhr dreißig gegen ein Entgelt von achtzig Deutschmark.

Der große Farbige musterte Schorsch und Friedemann, warf Nuri einen Satz in einer unverständlichen Sprache zu und drückte sich ins Gedränge. Links krachte es von einer Schießbude her. Friedemann kramte einen Fünfer hervor. Hinter dem langen Tisch spannte eine Junge mit silbernen Lidern, silbernen Lippen und silbernen Haaren die Büchsen. Friedemann schoß drei Rosen herunter, Schorsch holte eine Puppe im grünen Seidenkleid mit Hut herab und verehrte sie Nuri. Er nahm sie strahlend in Empfang. Friedemann starrte ihn gebannt an, denn Nuri sah aus wie der Lieblingssohn des Sultans von Sansibar. Er bewegte die Puppe, so daß sie die von einem dichten Wimpernkranz umgebenen Augen zuklappte und »Mama!« schnarrte. Nuri schüttelte lächelnd den Kopf, als könnte er es nicht fassen, Besitzer einer solchen Kostbarkeit zu sein.

»Es gibt sicher in der Stadt eine, die dich liebt wie die Jungfrau den eingeborenen Sohn!« tönte Friedemann. »Der kannst du das Ding verehren!«

»Aber nein! Ich setze sie neben mein Bett und streichle ihr blondes Haar und lasse sie ›Mama!‹ sagen. Schade, daß sie nicht ›Papa!‹ sagen kann!« Und wieder sah er aus wie der Lieblingssohn des Sultans von Sansibar. Er klemmte sich die Puppe unter den Arm.

»Ich muß in einem Club trommeln, dann bin ich in der Küche eines Restaurants zugange, dann verkaufe ich Zeitungen im U-Bahnhof.« Friedemann drückte ihm lange die Hand. Er würde von Schorsch die Anschrift erbitten. Aber würde er nicht der sein, der ihn abschlachtete? Sie waren alle Jäger, Fallensteller, Füchse, die durch die Nacht schnürten, um Beute zu machen.

Die Alte war noch immer damit beschäftigt, Stücke von Fleisch auf das spitze Messer zu spießen.

»Prost!« tat sie den beiden Bescheid, die an den Tisch zurückgekehrt waren. Schorsch ließ fast einen halben Krug in einem Zug hinab. Aus dem Riesenzelt stürzte wie ein Wasserschwall Blechmusik. Ein farbiges Paar schob einen Kinderwagen mit einem farbigen Säugling durch den breiten Gang. Eine dicke Frau in zu engem Rock, doch mit gigantischem Blusenausschnitt beugte sich darüber und schrie grell auf vor Entzükken. Der Himmel rötete sich wie von einem fernen Steppenbrand. Schorsch genehmigte sich einen mächtigen Schluck, danach den Drang verspürend, einem, der gerade vorbei wiegte, den Rest des Kruginhalts ins Gesicht zu schütten.

»Was is?« wollte Friedemann wissen.

Statt einer Antwort erhob sich Schorsch und wankte an die Rückseite des fußballplatzgroßen Zeltes. Da standen und lagen Container, blaue Müllsäcke, Flaschenträger, rohe Kisten und

Kartons. Schorsch erbrach sofort, vornüber gebeugt wie ein Sünder, den ganzen Mageninhalt. Ein weißer Blitz erschreckte ihn eine Sekunde später. Eine Wolke, ein Wolkenmeer, rosafarbig, wurde über ihn gestülpt. Es krachte und splitterte. Eine große Menschenflut mit aufgerissenen Mündern und Augen wurde nicht weit von ihm vorbeikatapultiert, festgeschnallt wie zum Tod Verurteilte. Es klingelte, eine Kapelle hörte auf zu spielen, die Münder klappten zu, die Körper sackten nach vorn, die Todesschleife stand still. Es roch nach Ausscheidungen, schalem Bier und Kraut. Schorsch bewegte sich dem Hang unterhalb der erzenen Figur zu, haute sich ins abgetretene, von Tau feuchte Gras. Sein Inneres füllte grauer Brei statt der erbrochenen Dinge. Eine graue, dicke Pampe. Seine Lider klappten nach unten. Die Seele verließ den schäbigen Körper, der Schorsch hieß. Sie frohlockte, diesen Leib, niedrig und dienstbar allen möglichen Gelüsten, verlassen zu haben. Alles hatte nun eine unschuldige, elfenbeinweiße Aura. Ein soeben geworfenes Zicklein war alles. Sie, die Seele, schoß aufwärts, einem Sperber gleich, dem ungeheuren, schwarzen, erzenen Standbild zu, glitt lautlos wie ein Sperber weiter, weiter nach oben, am erzenen Kopf vorbei.

Es wurde ganz still. Sie, die Seele, hatte den häßlichen Körper, der Schorsch war, auf dem zertretenen, vollgepinkelten, vollgekotzten, mit Sperma verklebten Gras zurückgelassen wie eine vergessene Jacke. Unschuldig wie ein soeben geworfenes Zicklein, lautlos wie ein Sperber. Nie mehr Dinge tun müssen wie der Schorsch, der Dialekt sprach, sie getan hatte. Nie mehr Gier nach Geld oder Lust, nie mehr der dunkle Glanz der Hölle, bis in die letzte, schwärzeste Spalte.

»Da bist du ja!« sagte jemand und schüttelte ihn. Friedemann beugte sich über Schorsch. Den fror. Er stützte sich mit den Ellenbogen ab. Drei Schritt von ihnen entfernt lag ein Paar im Gras und vögelte. Schorsch versuchte, etwas Witziges darüber zwischen den Zähnen hervorzulassen. Es fiel ihm nichts ein. Aber ein anderer Gedanke quälte ihn auf einmal. Es war ihm, als müßte er alle lebenden Wesen um Verzeihung bitten. Für was? Dafür, daß er, Schorsch, lebte?

Rechts unten begann sich etwas im sprühenden und orgelnden Raum zu drehen. Friedemann kehrte mit zwei kleinen Fläschchen, die er irgendwo geordert hatte, zurück und setzte ihm eines davon an die Lippen. Er trank.

»Was ist das da vorn?«

Friedemann fixierte ihn.

»Was ist mit dir? Das Riesenrad ist es!«

»Es muß ein besonders riesiges Riesenrad sein! Ich habe es kleiner in Erinnerung!«

»Meistens ist es umgekehrt! Meistens hat man etwas größer und monströser im Gedächtnis, als es sich dann herausstellt!«

Schorsch tat noch einen Schluck aus dem Fläschchen. Friedemann folgte seinem Beispiel.

»Wir fahren damit!« beschloß Friedemann. Schorsch kam hoch. Sie waren zwei Fahrende auf der Straße zwischen zwei unbekannten Größen und Objekten. Sie besaßen eine Postanschrift, aber keine Heimat. Als beide in der Gondel am Scheitelpunkt hoch und still über dem Krach standen, horchten sie hinaus, als kämen Flügel, Stimmen oder Gebärden. Neben ihnen saß eine Frau. Sie hatte die Knie nebeneinander, die Füße unter die Bank geschoben. Ihre Hände griffen um eine Tasche im Schoß, um ihren Hals wand sich ein Schal. Sie nahm keine Notiz von den zwei Männern, oder vielmehr zählte sie zu jenen, die von den Augenwinkeln her das Wesentliche eines Gegenübers auszukundschaften pflegten. Sie guckte in den rötlichen Dampf hinein, der sich im leeren Raum über ihnen bis zu den schwarzen

Löchern im Kosmos hin verlor. Die Schnäpse taten ihre Wirkung. Die Seele, das neugeborene Zicklein, der Sperber, der in die Unendlichkeit hatte davonwollen, kehrte in den Körper zurück.

Die Gondeln bewegten sich. Die Frau lächelte kindlich mit großen, trauergewohnten Augen, die sie jetzt auf die Dinge heftete, die an ihnen vorbeirauschten. In der Höhe pfiff ein kräftiger Wind, der an Haaren und Jacken riß. Beide Männer atmeten ihn mit offenem Mund ein. Die Frau ihnen gegenüber öffnete wie sie den Mund, als wollte sie den Wind der Freiheit wie Moselwein hinunterrinnen lassen. Als sie wieder die Scheitelhöhe erreichten, erhob sie sich mit einem Ruck, tat einen Satz und hing halb über der Brüstung. Schorsch und Friedemann rissen sie auf den Platz zurück. Sie sagte kein Wort, setzte wie vorher die Knie nebeneinander und sah weiter ins Leere, in den Kosmos, ins Universum, hinaus.

»Das tut man doch nicht!« hielt Friedemann ihr vor. Die Frau gab keine Antwort. Beide Männer vermieden, ihr ins Gesicht zu sehen. Doch Friedemann stellte sich vor, wie sie in die Nacht hineinzuspringen, die Arme ausgebreitet wie ein Vogel. Er hatte nichts besessen als seine geheimen Amüsements und das Fotografieren. Etwas wie laues Spülwasser quoll in seiner Kehle. Als sie in halber Höhe wieder stillstanden, überschlugen sich Menschen unweit von ihnen und schrien, wie Menschen in Not schreien.

Schwankend verließen sie die Gondel. Friedemann fühlte sich leer wie ein ausgekratzter Kürbis. Es ging auf die Sperrstunde zu. Betrunkene sangen, sich untergefaßt haltend. Friedemann und Schorsch wichen ihnen aus. Friedemann trat an einen Stand heran, kaufte ein großes Lebkuchenherz und hing es dem Genossen um den Hals. »Immer dein!« las er ab. Sie steuerten dem U-

Bahneingang zu. Der rauchige Dunst nieselte als feiner Regen runter. Die Lichter verloschen. Der Asphalt bedeckte sich mit einer schmierigen Schicht von dem, was Menschen ausschwitzten und ausspieen. Der Krach ebbte ab, Stille kehrte ein. Australier und Kiwis, die sich noch vor einer Stunde gegenseitig die nackten Hintern gezeigt hatten, während die Mädchen, die es sich leisten konnten, barbusig zwischen den Krügen in gelben Bierlachen und Senfresten, abgenagten Hühnerknochen und zerstampften Kippen tanzten, waren wie Schemen abgetaucht.

Gemeinsam verließen Friedemann und Schorsch die U 3 am großen Platz und steuerten der stillen Straße zu.

»Kommst du noch mit rauf?« fragte Friedemann. Schorsch nickte. Ein wissendes Lächeln färbte Friedemanns Züge wie rosa Schminke ein. Er grabschte nach den Schlüsseln. Von der Treppe über ihnen tappende Schritte. Friedemann spitzte die Ohren. Wer war unterwegs? Herr Weilbaum vom vierten Stock? Der junge Ziervogel vom dritten? Die zwielichtige Vierzigjährige von nebenan? Bedächtig, als grüble er über ein schwergewichtiges Problem nach, stocherte er mit dem Schlüssel im Schloß, drehte ein-, zweimal. Sodann suchte er nach dem Sicherheitsschlüssel. Er wandte sich um. Herr Weilbaum bog um den letzten Absatz, nickte ihm zu. »Hallo!«

»Hallo!« erwiderte Friedemann. Er stieß den kurzen, silbern blinkenden, besonders zugefeilten Schlüssel ins Schloß.

Friedemann Beisacks Wohnung präsentierte sich, wie die Wohnungen aller älteren Junggesellen sich präsentieren. Was eine Christenseele irgendwann, irgendwo zu welchem Zweck auch immer noch verwenden konnte, fand seinen Platz in der Behausung, die schon seiner Mutter als Schutz vor Wind und Wetter gedient hatte.

In dem Augenblick, in dem sie beide das Innere betraten, wußte Friedemann mit an Sicherheit grenzender Wahrscheinlichkeit, daß ein Ereignis bevorstand. Eine Kälte rieselte wie feiner Sand seinen Rücken hinab. Schorsch meldete sich mit einem belanglosen Satz. Er tat es auf hochdeutsch. Diese Tatsache vermehrte Friedemanns Frösteln.

Was wußte er von Schorsch? – Hatte er ihm erzählt, daß er in einer tragbaren Kassette einen Batzen Geld verwahrte, den Schmuck seiner Mutter, alt und in seiner Art einmalig, einige Fünferpacks Goldbarren und Münzen, darunter alte Goldrubel aus der Zarenzeit, Escudos, Golddollars, Kronen?

In Friedemann rumorte noch ein beachtlicher Alkoholgehalt. Trotzdem verfügte er sich im Wohnzimmer an einen Schrank und entnahm ihm Flasche und Gläser. Im Hinterkopf geisterte es ihm vom Schicksal, das seinen ehernen Gang ging, und vor allem von seiner Unausweichlichkeit. Er schenkte den Brandy Solera sich und Schorsch ein. Auch dieser hatte in der Birne noch mehr Promille als Gedankengut. Ein Wunder, daß beide Zecher die richtige Straße und Wohnung gefunden hatten.

»Im Ganzen«, brabbelte Schorsch ohne den geringsten Anflug von heimischem Idiom, »im Ganzen war der Abend Sonnenschein – Eigentlich – also Wahnsinn – die Frau im Riesenrad – Wahnsinn – und sonst auch –«

Schorsch fiel, das Schnapsglas in der Hand, im Sessel zurück. Ja, was wußte Friedemann von Schorsch? An einem Tresen kennengelernt. Aufnahmen von ihm gemacht. Ein überhöhter Schorsch, der verschmitzt lächelnd das Bierglas hob, sein Gesicht übergossen vom Widerschein des Glases, eine beinfahle Blässe. Sein Mund stand halb auf, als erwarte er die Mündung einer Pistole. »Boing – boing –« Sein Alter: siebenundzwanzig Jahr.

Ein plötzlicher Heuldrang überkam ihn. Weinen wie ein Moskauer! Aris zartes Bild schälte sich aus seinen Hirnwindungen. Er, Friedemann, war sich gewiß, daß er ein besserer Mensch mit Ari im Arm werden würde. Weshalb hockte Schorsch da und nicht dieser Junge, schön und kindlich wie ein Titus?

Friedemann kippte den dritten Solera hinab. Schorsch betätigte die Fernschaltung. Auf dem Bildschirm zwei, die mit Gewalt so taten, als vollzögen sie den Geschlechtsakt. Gelangweilt drehte Friedemann den Kopf weg.

»Was die wohl so ordern für die Stunde?« grunzte Schorsch.

Immer noch sprach er hochdeutsch, aber seine Augen fielen zu.

»Schlaf schon«, krächzte Friedemann. Der ganz große, der ganz schlimme Ekel hielt Einzug in ihn.

Schorsch schnarchte jetzt laut. Friedemann goß noch einen Solera nach. Auch seine Lider klappten nach unten. Er nahm Aris Lächeln, das Lächeln einer überraschten Nymphe, mit.

Im übrigen wußte er jetzt, weshalb ihn Schorsch verschont hatte. Der Mann auf der Treppe, Herr Reimer vom dritten Stock, hatte ihn erkannt. So blöd war er, Schorsch, nicht, in ein offenes Messer zu rennen. Ein sauberes Alibi mochte schon die Voraussetzung für das, was er irgendwann mal durchziehen würde, sein!

Sabina stoppt den Schritt vorm Grab, tut einen Schluck aus dem Flachmann, noch einen, hebt die Arme und tanzt, wie es Konradin geliebt hat. Einen Pas nach rechts, einen Pas nach links; die Daumen und Mittelfinger knallen. Konradin sitzt auf dem Grab. An einigen anderen Hügeln hantiert man mit Schaufel und Harke, Gießkanne und Gartenschere.

Sabina summt: »Spiel nicht mit den Schmud-del-kin-dern, sing nicht ih-re Lie-der ...«

Wieder findet sie, daß man dazu sehr gut tanzen kann. Es ist Nachmittag. Mitte Mai. Etwa zwanzig Grad Celsius.

Zu Hause entkorkt sie eine Flasche Sekt. Keine teuere Marke. Die Rauschblume öffnet sich. Sie sieht in ihren purpurnen Grund hinab. In das Geheimnis des innersten Stoffes.

Sie schlägt auf die Matratze hin.

Das Aufstehen am anderen Morgen hat, zugegeben, seine tristen Aspekte.

Sie weiß, daß der Moment, in dem sie endgültig zu Konradin ginge, ein außerordentlicher wäre. Von überwältigender Großartigkeit. Voll absoluter Stille, in der doch Stimmen brodelten wie Wasser, Heimat, Endgültigkeit.

Aber sie, Sabina, hätte nicht sagen können, wann dieser Moment, diese Stunde, dieser Tag eintreten würde.

Im übrigen, geht es ihr durch den Sinn, machte man um diesen letzten Entschluß und dessen Ausführung zuviel Getöse. Ja, eigentlich schon! Es war ein Augenblick wie jeder andere vor und nachher. Die nahe Uhr würde die nächste volle Stunde schlagen, der Linienbus an die Haltestelle herangleiten, Leute würden aus- und einsteigen, die Post würde durch die Türschlitze fallen. »Viele Grüße von Stromboli, Deine ...« – Die nächstfällige Fernsehrechnung ginge unbezahlt zurück an den Absender, und der Mond würde am Morgenhimmel in sein blasses Eigenleben zerschmelzen, vergehen wie eine unbeantwortete Frage. Am Horn von Afrika würde nach einer Dürreperiode eine Hungersnot ausbrechen, einem Generalkonsul würde man den Orden »Du Mérite Sportif« von der Elfenbeinküste am Band verleihen.

Hinter der Stirn des Schorsch – gelernter Aufzugmechaniker – begannen die entsprechenden grauen Zellen exakt zu arbeiten. – Ein Alibi vorweisen zu können war oberstes Gebot. Hieb- und stichfest! Ein Rädchen mußte ins andere greifen wie bei der Aufzugmechanik. Keine Lücke in der Beweisführung, keine Panik, kein Alkohol, keine Nachlässigkeit. Niemand auf der Treppe! Nicht die Putzfrau Ljuba in der Wohnung. Das Auto nicht vorm Haus parken. Keine Fingerabdrücke, kein lautes Reden. Falko von »Bei Pierre« würde die drei Finger der Rechten heben: »Ich schwöre, daß Herr Schorsch ..., den ich seit längerem kenne, den bewußten Abend und die Nacht bis so gegen Ende zwei Uhr morgens ›Bei Pierre‹ an Tisch Nr. soundsoviel verbracht hat. Mit wechselnder Gesellschaft. Mal allein, mal mit anderen Gästen ...«

Und nachher bloß keine größeren Summen unters Volk jubeln! Leben wie vorher als Schorsch ..., der nette, hilfsbereite, gefällige, einheimische Mensch. Von Gelegenheitsjobs seinen Unterhalt bestreitend ...

»Weshalb nicht im gelernten Beruf tätig?«

»Zu dreißig Prozent behindert nach einem Betriebsunfall, Herr Vorsitzender!«

Paul von der Feuilletonredaktion tippt in seinen Computer einen Bericht ein, von dem man die Hälfte nicht gebrauchen kann. Aber die andere Hälfte, die nach den Streichungen verblieb, war immer noch grandios, phänomenal, furios. Viel zu schade für die Arschlöcher im Großraumbüro dort.

Anschy arbeitet in einem Bordell. Sie trällert nebenbei zu ihrer Klampfe Lieder aus England. Das Betriebsklima ist angenehm. Niemand nimmt Anstoß an ihren schwarzen Netzhemden. Diese Art von Textilien kann man bei Woolworth billig erstehen. Anschy hat auch schon mal eins ohne Bezahlung mitgehen lassen, zusammen mit einer Tube Zahnpasta.

In der großen Halle befindet sich ein Bassin mit warmem Wasser. Die Kacheln sind blau gehalten. Anschy hüpft, die Gitarre beiseite legend, mitsamt dem Netzhemd ins Nasse. Sie patscht dem Boß auf den nackten, behaarten Rücken. Er taucht sie ein bißchen unter. Prustend kommt sie wieder hoch. Ihre silbernen Sticker in Nase und Ohren aus den vielen Krimskramläden des Viertels machen sie sehr kostbar. Der Scheiß-Koch hat Lokalverbot.

24

Sanfte Gesellen im Zustand absoluter Glückseligkeit

Wabo ist in seinem Reich angelangt. Die Wände von Gummi, am Bett Lederschnallen, in der Tür ein Sehschlitz.

Er ist ein sanfter Geselle. Nachts ist er unterwegs. Mit einer Kutsche, Peitsche, dem Hundeschlitten. Ja, aus einem unerfindlichen Grund sitzt er oft auf einem Hundeschlitten und stürmt über die Tundra. Vom Wald her Wolfsgeheul. Nacht! Das Gefährt flitzt über die menschenleere, blauschillernde Fläche. Die Schlittenkufen sirren. Der Vollmond blendet wie ein aufgeschalteter Autoscheinwerfer. Die Sterne rollen als goldene Tscherwonezen über die schwarze Fläche. – Der Wind beißt mit Krokodilszähnen an Ohren und Backen. Und er, Wabo, wie Gott! Eine gigantische Ungerade im kosmischen Mysterium hinter dem absoluten Nichts. Hinter dem letzten Galaxienkern, dessen Licht zwanzig Millionen Jahre zur Erde runter brauchte.

Klar, daß genau da das Geheimnis begann, das von Anfang an Leben und Welt wie eine Kokosschale die Frucht ummantelte. Kein Geruch, kein Geräusch, keine Materie, keine streichelnde Hand mehr. Der letzte Grad der universellen Glückseligkeit erreicht! Ein Buddhalächeln im Leeren. Buddhas rechter Eckzahn über ihm schaukelnd, sich verlierend im Nirgendwo.

Und wenn der Tag dämmerte, würde er anlangen. Die Sterne verblassen, der Schnee ein Bett süßer Anemonen, die Hunde fallen in Trab, das Wolfsgeheul erstirbt, der Dampf über der Hundemeute gefriert zu feinen Eiskristallen. Der Sonnenball stülpt sich

– ein roter Granatapfel – aus dem flachen Schoß der Erde. Er war am Ziel, legt Peitsche und Zügel weg, springt vom Schlitten. Die Hunde wühlen sich in den Schnee. Die rote Sonne rote Schminke auf seinem Gesicht. Herr über tausend Birken, tausend Wölfe, tausend Monde. Tausend Sonnen fangen an zu kreisen. Im Sehschlitz in der Tür taucht ein Auge auf und verschwindet wieder.

Alles Paletti!

Eines Tages verdunkelte den Sehschlitz ein fremdes Auge. Das Auge der Mutter.

»Na«, fragte man sie. »Ist es Ihr Sohn?«

Das Auge verschwand vom Sehschlitz.

»Nein!« erwiderte die Gefragte. »Er ist es nicht. Es ist nicht mein Sohn!«

Der Kalfaktor drückte die Klinke der Tür herab, die von innen nichts dergleichen aufzuweisen hatte.

Wabo wandte den Blick dahin, wo es leise geknarrt hatte. Die Mutter geriet in sein Blickfeld.

»Hallo!« machte der Kalfaktor, ein kräftiger, untersetzter Mensch mit kurz gestutztem Schnauzer. Unter seiner Jacke zeichneten sich kräftige Muskeln ab.

Wabos Auge glitt teilnahmslos weg. Sein Wesen kehrte ins Innerste zurück. Die Sonne stülpte sich wie ein roter Granatapfel aus dem Schoß der Tundra. Das Wolfsgeheul entfernte sich zum Birkenwäldchen hin, die Schlittenhunde legten sich. Von langgestreckten, niederen Gebäuden näherten sich dick vermummte Gestalten. Er, Wabo, am Ziel jenseits von Zeit und Sprache, Heimat und vertrautem Wissen.

»Ihre Mutter ist da!« ließ sich der Kalfaktor hören.

Wabo schüttelte den Kopf. Es gab nichts mehr außer der rotbunt funkelnden Fläche seines Inneren, auf der alles ablief, was eingespeist war. Bilder und Töne, unverständliche Sprachen, fremde Musik, eine fremde Sonne, die ihn wie eine rote, fette Spinne aufsaugte.

25

Fredi in Wien

Um null Uhr siebenundvierzig rollte Fredi in Kitzbühel ein, am Vormittag gegen acht Uhr vierunddreißig in Wien. In einem Kaffeehaus genehmigte er sich einen Mazagran, eiskalt mit Maraschino, und wählte in der Telefonzelle neben der Tür zu den Toiletten eine Nummer. Seine Mutter meldete sich.

»Hallo!« säuselte er zurück.

»Ach ja!« machte es im Hörer.

»Ich komme bei dir vorbei!«

»O ja!«

»Wie geht's sonst?«

»Danke. Eine Allergie habe ich mir eingehandelt!«

»No was!« machte er. »Also bis auf bald!«

Er hängte ein. Sein Hirn war eine kahle Hochfläche, über die ein stiller Wind zog.

In einem Hotel in der Ungargasse im zwanzigsten Bezirk suchte er sich ein Zimmer für die Nacht. Hoch, mit reichlich Stuckgirlanden am Plafond. Das Ganze ein altes Palais, schlecht im Zustand. Zum Schlafen war es noch zu zeitig.

Er verließ das Haus nach rechts zur Bahngasse und weiter zum Rennweg hin. Langsam tat er die Schritte. Er hatte unheimlich viel Zeit. In einem Beisl aß er ein Fiakergulasch mit Josefssalat und trank dazu einen Wachauer. Der Ober, in Schwarz, hatte einen Bart wie ein Erzherzog. Fredi kippte den Rest Wein hinab, zahlte und ging. Er sah auf die Uhr. Die Nacht war hereingebrochen. Ohne Hast begab er sich in den sechsten Bezirk, sah an einem dreistöckigen Haus vom Ende des vergangenen Jahrhunderts hoch, zog einen Schlüssel hervor und sperrte. Die Schlüssel stammten, erinnerte er sich, noch aus seiner Schülerzeit. Er nickte vor sich hin, während er die tadellos gehaltene Treppe erstieg. Das Geländer so alt wie das Haus. Gedrechselte Sprossen, Eisenknäufe. Aus dem Bund suchte er den Schlüssel zur Wohnung, sperrte und schob sich in den Korridor. Niemand ließ sich blicken. Aber durch einen Spalt der Schlafzimmertür bemerkte er Licht. Rosalicht.

Fredi klopfte und lauschte. Dann drückte er die Klinke herab. In den Sekunden, die darauf folgten, flitzte ihm wie bei einem zum Tod Verurteilten alles zugleich durchs Hirn. Er dachte an die Säule von Gnitzen, die er noch vorgestern am See gesehen hatte, ein durchsichtiges Gewebe, das sich nach Millionen Jahre alten Gesetzen tanzend auf und ab bewegte. Wo waren sie bei bewölktem Himmel? – Er dachte noch an viel mehr. Das komplette Ganze einschließlich Kassiopeia und der Milchstraßen entfernter Sonnensysteme knallte von innen her gegen seine Schädeldecke. Er ging in sich selbst unter. In seiner Einsamkeit ertrinkend wie die Katze im Brunnen. Er wußte in den achtdreiviertel Sekunden, die er von der Tür zum Bett brauchte, daß er immer allein sein würde. Auch auf einer Show von Michael Jackson mit hunderttausend kreischenden Fans, die sich gegenseitig die Zähne einschlugen. Einsam wie Gott oder Heinrich der Seefahrer an der Küste Portugals.

Die Mutter schlief im Schein der Rosalampe, halb bedeckt von einer grünen, reinseidenen Steppdecke. Mit einem Ruck richtete sie sich, erschreckt durch ein Geräusch, in die Höhe, das Hemd über die Brust ziehend.

»Was ...«, brachte sie hervor. Sie riß die Augen weit auf. Fredi tat einen Schritt auf sie zu. Langsam hob er die Hände zum Würgegriff.

Die Mutter tat etwas Seltsames. Sie reckte wie Fredi den Blick starr auf ihm, die Arme. Als er nahe heran war, zog sie ihn auf die Bettkante nieder.

Eine Lähmung fiel über ihn wie ein Netz. Beide starrten sich an wie zwei, die sich im Dschungel verlaufen und schließlich wiedergefunden hatten.

»Wo ist Morsak?« hauchte er. – Diese Frage mußte gestellt werden.

»In Antwerpen auf einer Schmuck-Auktion!« hauchte die Mutter zurück. Etwas in ihm flackerte kleiner, wie wenn man ein Flämmchen zurückschraubte.

»Fredi!« flüsterte sie.

»Mutter!« schrie er los. Er schrie so laut, daß irgendetwas auf dem Nachttisch zu klirren anfing.

»Fredi!« wiederholte die Mutter. Beide lagen sich in den Armen und bedeckten sich gegenseitig mit Küssen, starrten sich sprachlos an und preßten sich abermals aneinander, Schiffbrüchige, deren einziger Halt der andere war.

»Mutter, Mutter, Mutter!« gellte er und küßte, wo er hintraf. Sein Puls kam wie unter Samt hervor. Er schluchzte und bettete den Kopf an ihre Brust.

Eine Weile verblieb Fredi in der Stellung, die Süße dieser Spanne Zeit bis in die feinstverästelten Nervenenden spürend. Eine Wärme füllte ihn aus wie die Wärme eines Kachelofens. Dann richtete er sich in die Höhe und hob wieder die Arme zum Würgegriff. Eine Stimme hatte ihm den Befehl erteilt. (Das würde er im Prozeß später erklären.)

Die Mutter hielt die Augen geschlossen, als wollte sie durch nichts vom Glück und Rausch der Stunde abgelenkt werden. Ein

Lächeln lag um ihren immer noch schön gezeichneten, zyklamen-
rot glühenden Mund, wie es nur im Weiß der Haut einer Rothaarigen glühen konnte.

Er trat vom Bett zurück und knipste die Nachttischlampe aus
und wußte nicht, weshalb. Vom Fenster fiel ein dumpfes Anemo-
nenblau auf das Bett und die anderen Möbelstücke des ziemlich
großen Raumes. Etwa fünf Minuten schaute er auf die Straße
hinunter, die von einem kurzen Regen glänzte. Die Lichter der
Autos spiegelten auf dem Asphalt, auch von den erleuchteten
Schaufenstern wurden unruhig flimmernde, wirre Bilder zurück-
geworfen.

Fredi suchte das Bad auf, in dem er sich sorgfältig die Hände
wusch – mit einer stark duftenden Seife, deren Geruch ihm noch
lange anhaftete. Dann fiel hinter ihm die Korridortür ins Schloß.
Es gelüstete ihn, ohne daß er hätte sagen können, warum, die
Bahn nach Baden zu besteigen. Nach knapp einer halben Stunde
langte er an. Die Zeit dehnte sich vor ihm wie eine schwach erhellte, ebene Fläche bis an den Rand der Scheibe, in deren Mitte
er sich befand. Er schlenderte an Kuranstalten, Konzertsälen,
Brunnen, Bänken, Buschgruppen und Blumenarrangements vorbei. Hinter Schaufenstern lagen ebenso kostbare wie überflüssi-
ge Dinge. Jemand redete norddeutsch mit einem anderen. Dann
hörte er Ungarisch, dann Schweizerdeutsch, dann Englisch mit
amerikanischem Akzent. Vor einer Eisdiele machte er halt und
ließ sich auf einen der bequemen, gepolsterten Sessel fallen und
bestellte einen Becher voll bunter Kugeln mit einer Schlagrahm-
mütze obenauf. Bedächtig aß er, den Löffel sorgsam ableckend
und von der mitgelieferten Waffel knabbernd. Er freute sich auf
den Bodensatz mit gemischten Früchten, nahm jede einzelne auf,
kostete und zerdrückte sie zwischen Zunge und Gaumen.

Er gähnte. Die Nacht war rund geworden. Er zahlte und sah

sich am Trottoirrand um, nach der Badener Bahn Ausschau haltend.

Links und rechts von ihm standen Bäume wie Schlafwandler, die eine Pause eingelegt hatten, die Arme gerade von sich gereckt, in ihren Traum hineinhorchend. Bei dieser Vorstellung merkte Fredi, daß er müde war. Er gähnte. Er würde im Hotel duschen und lange schlafen und sehen, was der morgige Tag brachte.

Paul ist zu einer Preisverleihungs-Vernissage für einen tunesischen Dichter, der sich in der Stadt niedergelassen hat, geladen. Das Büfett ist gut bestückt; an Getränken gab es Bier, Wein, Sekt. Pauls Blick spaziert wohlgefällig über die Batterien von Flaschen und bereits gefüllten Gläsern. Er kippt von dem Segen, der nichts kostet. Wieder wie schon oft fühlt er sich in der Erkenntnis bestätigt, daß nur der Zustand der Trunkenheit die geistigen Möglichkeiten des Homo sapiens in die höchsten Sphären zu heben vermag. Er betrachtet sinnend die sanfte Glut im Glas, die still in sich wie ein hochkarätiger Rubin ruht.

Frau Karl sitzt seit zwölf Tagen und Nächten im Sessel vorm Fernseher, im Kopf noch immer die schlechte Meinung über die Menschheit insgesamt gespeichert, und daß jedes Pferd ein besseres Gewissen hätte als ein X-beliebiger, der ihr auf dem Trottoir entgegenkommt. Irgendwann würde man sie, da keine Miete mehr überwiesen würde, herausklingeln wollen. Einmal, zweimal, dreimal. – Dann der Wagen von der Bestattungsfirma, denn Frau Karl hat Anspruch auf alles, was sie beitragsmäßig zu Lebzeiten geleistet hat. Sterbegeld inbegriffen! Sarg, Verbrennung, bitte keine Blumen! Die Urne, die Nische neben ihrer Mutter. »Bitte keine Orgel! Ich kann Orgelmusik nicht ausstehen!« Kein

Lied! Die Sterbewäsche Nr. 4, das Kissen von Kattun. – Die Sonne würde untergehen. Die jungen Männer, die jungen Mädchen würden an den Tischen im Freien Pistazien- und Kiwi-Eis löffeln. –

Die Frage würde gestellt werden: wer war sie denn, diese Frau Karl? Ein neugieriger Reporter würde im hauseigenen Archiv seines Blattes kramen und herausfinden, daß sie vor etwa einem Vierteljahrhundert in den Verdacht geraten war, ihren Gatten umgebracht zu haben. Endgültige Beweise ließen sich jedoch nicht herbeibringen, und das Verfahren wurde eingestellt.

Aus einer nicht weit gelegenen Kleinstadt würde ein Neffe anreisen. Es würde ihm der Wohnungsschlüssel ausgehändigt werden. Er beträte die Räume, in denen Frau Karl jahrzehntelang gehaust hatte. Sogar genau seit einem halben Jahrhundert, wie der Neffe nachzählte. Es röche noch immer sonderbar hier, obgleich man in der Zwischenzeit gehörig gelüftet und auch sonst für Sauberkeit und Ordnung gesorgt hatte. Es röche dumpf und stockfleckig nach Trockenem, Verdorrtem, Welkem, Raschligem. Nach Papier. Der Neffe schlüge Vorhänge zurück, Schranktüren, zöge eine Schublade des Schreibtisches auf. Da läge eine Mappe, und darauf stände mit dickem, schwarzem Filzstift notiert: Ich habe meinen Mann umgebracht!

Auch Herr Karl, der Neffe, der denselben Familiennamen wie die Verstorbene führte, hatte gerüchteweise vom alten, weit zurückliegenden Fall vernommen. Noch als Kind, und alles mit dem Stempel des »Nicht-sein-Könnens« versehen. Schließlich war die Geschichte in ihm abgetaucht. Vergessen, verdrängt.

Herr Karl würde feststellen, daß die Farbe des Filzstiftes noch frisch leuchtete. Frau Karl mußte erst kurz vor ihrem Tod die Notiz auf der Mappe angebracht haben. Er würde sie herausheben und in den Händen drehen. Was bedeutete heute die alte Story noch? So viel wie nichts. Er wäre nicht mal neugierig auf Einzelheiten, die er sicherlich aus dem Inhalt der Mappe erfahren konnte.

Und Herr Karl drehte das Stück einige Male in sich zusammen, daß daraus ein Knäuel würde, um es beim Weggang aus der Wohnung im Papiercontainer zu versenken.

Friedemann zieht die Abdeckplane von der kostbaren Harley und lenkt der Straße zu. Nach zehn Minuten rollt er auf der Ausfallpiste der Bundesstraße nach Norden zu. Hier herrscht weniger Verkehr als auf den Strecken in den Süden. Sein Auge schwimmt, während er Gas gibt, in einem Teich voll Licht, das von allen Seiten auf ihn einstürzt. Er schaut auf den Tacho. Sein grauer Schopf hebt sich im Nacken und fliegt mit im Wind. Die unermeßliche Freiheit, die schon Wollust ist, füllt ihn aus wie Schnaps die Flasche. Die letzte Freiheit, die dem Individuum geblieben ist, geht es ihm durch den Sinn. Rechts in der anspruchslos-lieblichen Hügellandschaft stehen Kühe hinter einem Weidezaun, still wiederkäuend, den Blick auf ihn gerichtet, der, ein sausender Ghul, an ihnen vorbeischießt. Eine Allee saugt ihn mit kühlem Atem ein und rülpst ihn wieder aus. Vor Ortsdurchfahrten betätigt er die Bremse. Er weiß, was die Gesetze von ihm fordern. Dann wieder Rausch und Abgehobensein von sich und allem Festen dieser Erde. Der Tacho schnellt nach oben. Ein Lustgurgeln löst sich aus Friedemanns Kehle. Ein Urschrei, der bis zu den noch unsichtbaren Sternen hinaufgrölt.

Mit zweihundertfünfzig Sachen liegt Friedemann in der Geraden. Dennoch leitet er Überholmanöver mit gebotener Strategie und Taktik ein. – Ein Schemen, wischt er an Truckern, Tankern, Lastern, Transportern vorbei und löst sich vor ihnen alsbald in blankes Nichts auf.

168

Friedemann schaut auf die Uhr. Ein Ortsschild taucht auf. Er vermindert das Tempo, steuert einem Wirtshaus mit Bänken und Tischen unter Kastanien zu, einer Stätte, die er anpeilt, wenn er auf der entsprechenden Piste unterwegs ist. Den Helm abnehmend, bestellt er bei der Kellnerin ein Soda. In den Innenflächen seiner Hände spürt er noch die absolute Freiheit, die von der Beherrschung der Lenkstange aus prickelnd und heiß wie ein Stromstoß in ihn eingedrungen war. Er ist Wotan, Zeus, Alexander der Große, Titus, Augustus, Ludwig XIV., Napoleon. Eigentlich mehr, überlegt Friedemann, das Sodawasser einsaugend. Dann hat er es: Er ist Sonne, Mond, Jupiter, Saturn, Mars und Venus in einem. Alles zusammen.

Er lenkt zurück. Eine schwarz brodelnde Gewitterfront steht vor ihm wie ein schwarzer Vorhang vor dem Sarg nach Beendigung der Totenfeier. Soll er in sie hineinrauschen? Er denkt an Aquaplaning und ähnliche unliebsame Vorkommnisse und feixt, während er sich eine Zeitungsnotiz zurechtpuzzelt: »Der bekannte Pressefotograf Friedemann Beisack geriet in einem Gewitterregen auf seiner schweren Maschine in ein sogenanntes Aquaplaning und stürzte. Er war sofort tot – vermutlich infolge eines schweren Schädel-Hirn-Traumas!«

Friedemann schmunzelt, den Kopf dicht über der Lenkstange, in die schwarze Gewitterfront hineinbrausend.

Man hatte die Leiche Albans von Erpelswing nach seinem Wohnort überführt. Den Forstarbeitern, die ihn gefunden hatten, bot er keinen erhebenden Anblick. Von seinem immer noch ansprechenden Gesicht, den ebenmäßigen Zügen, den gut geschnittenen Augen war fast nichts geblieben. Zudem mußten sich ein oder mehrere Füchse an ihm zu schaffen gemacht haben. Einer Identifizierung stand dennoch nichts im Weg. Ausweispapiere fanden sich in mehreren Taschen seines Anzuges. Ein, zwei Telefongespräche taten das Übrige. –

Einige Wochen nach dem Ereignis erinnerten sich zwei etwa siebzigjährige Männer der fernen Tage gegen Ende des Zweiten Weltkrieges zu, nebeneinander auf einer Parkbank sitzend und die vorbeiflanierenden Spaziergänger abwesend musternd.

»Wir standen eng aneinandergepreßt auf einem offenen Armeelastwagen. Die Planen zerfetzt wie unsere Uniformen aus dem billigen Stoff der letzten Kriegsjahre. Zerknittert, mürb, mißfarben, viele Male gereinigt, geputzt, ausgebessert«, ließ sich der eine der beiden vernehmen. Mit dem Stock, dessen unteres Ende mittels eines Gummipfropfens gegen Abrutschen auf Asphalt oder glattem Pflaster gesichert war, stocherte er im feinen Sand zu seinen Füßen.

»Seit zwei Tagen nichts gegessen, durchfroren, blaß, übernächtigt, von russischen Posten bewacht. An manchen Bäumen am Chausseerand hingen Menschen in Resten von Kleidungsstücken, oft nur in Hosen an Hosenträgern baumelnd, in grauen Unterhemden, mit Blut besprenkelt. Einige trugen Pappschilder auf der Brust. Wir konnten nicht entziffern, was drauf stand. Oder vielmehr, es war uns herzlich gleichgültig. Aber wir konnten uns denken, daß es sich um keine Segenswünsche handelte.«

Der Sprecher grinste schwach und fuhr fort: »Die Fahrt ging in Richtung Elbe oder Oder. Niemand wußte so recht Bescheid darüber, und alle ahnten überhaupt nichts Gutes für diesen Tag, einen Frühlingstag mit kurzen Schauern, nach denen die Sonne hinter bunten Wolken hervorkam und wieder verschwand. Wir befanden uns in einer total ausweglosen Situation, ohne Waffen, von allen Seiten mit Gewehrläufen bedroht. Sterben wurde klein geschrieben und gehörte zum Tagesablauf wie Essenfassen, seine Notdurft verrichten oder schlafen, wenn man dazu einen Platz gefunden hatte. Von einer Minute zur anderen wurde man vom Menschen zum Kadaver, über den Panzer rollten oder Stiefel stampften, mein lieber Scholli!«

Wieder legte der Sprecher eine Pause ein, in der er mit dem Stock im Sand rumfuhr und in ihm Striche, Kreise und Rauten setzte.

»Am Rand eines Gehölzes machte der Wagen halt, die Russen sprangen herunter, schrien Kommandos und Flüche, alles durcheinander, und trieben uns zu einem Häuflein zusammen. Maschinengewehre wurden in Stellung gebracht; wir begruben jede Hoffnung auf ein Weiterleben in uns. Wir glaubten, den Mittag, den Abend nicht mehr zu erleben. Ein unscheinbarer Junge tat etwas Seltsames. Er trat vors Glied, öffnete die Uniformjacke ganz und sagte: ›Warum seid ihr so blaß, Kameraden?‹, und guckte in die Mündungen der Läufe. Ganz ruhig, als wäre er an einem Baum beim Pinkeln. Ich habe seinen Namen vergessen. – In diesem Augenblick ließ sich einer neben mir im Rücken des Vordermanns fallen. Eine gute Methode, der ersten Garbe zu entkommen. Auch seinen Namen habe ich aus dem Gedächtnis verloren, falls ich ihn je gekannt hätte. Ist ja auch ohne Bedeutung! Das Ende war da! Der Junge stand im ersten Glied, die Uniformjacke bis auf den letzten Knopf geöffnet. Der Satz: ›Warum seid ihr so blaß, Kameraden?‹, noch in der Luft, wie wegflatternde Flügel. Der Frühling, Mensch, kam und wir am Ende! Keiner über zwanzig. Nur die Pflicht als Soldat getan. Geschossen, gestorben!« –

Der alte Mann nickte, wieder schwach grinsend. Der Frühling Albans lag über dem Park, der Bank, den jungen Müttern, die Kinderwagen schoben, aus denen es selig lallte, den jungen Paaren, die Hand in Hand unterwegs waren.

»Da plötzlich hörten wir«, beendete der Sprecher seinen Bericht, »hörten wir Motorengeräusche, Rollen, Rattern. Ein Jeep brauste auf dem Feldweg daher. Amerikanische Käppis, Leute in Khaki und Stiefeln mit Gummiabsätzen, aber auch mit den breitrandigen russischen Tellermützen gerieten in unser Blickfeld.

Der Jeep kam mit einem Ruck zum Stehen, der die Insassen nach vorn schwappen ließ. Alle sprangen heraus. Es schwirrte englisch, russisch durcheinander. Die Maschinengewehre kippten unter Fußtritten zur Seite.«

Der Erzähler hob den Kopf und sah in die frische, grüne Laubfülle hinein. Sein dünnes Haar bewegte sich in einem Luftzug. »Weiterleben, Mensch«, flüsterte er. »Wir waren gerettet! Aber wir waren geraume Zeit noch so benommen, daß wir die veränderte Situation sozusagen von einer Minute auf die andere gar nicht in den Griff bekamen. So war das!« Er schüttelte den Kopf, als sei ihm der Augenblick von damals noch immer unfaßbar. Das Glück, davongekommen zu sein.

Ein Ball, von Kinderhand geworfen, rollte vor den Stock des Alten. Leicht schob er ihn mit der Spitze auf den Weg zurück. Die Sonne schickte schräge, kostbar glitzernde Bahnen über den See. Die Luft schmeckte zugleich nach Staub, Liebe, Gummi, Vanilleeis, Angst, der Leichtigkeit unsichtbarer Dinge, Entengrütze, Leder, dem Schweiß junger Männer. Das gedämpfte Sprechen, das Geplätscher der Winzigwellen an der Böschung, kurzes Schrillen von Fahrradklingeln, das zarte Schwätzen der Dreijährigen, die sonoren Organe der Erwachsenen vermischten sich zu einem Choral, der aufstieg und Leben hieß. Zwei Skateroller glitten daher, in ein Gespräch vertieft, gehörig mit Knie-, Arm- und Händeschutz ausgerüstet.

26

Das Leben – ein Zufall

Friedemann Beisack lebt noch immer! Immer wieder brettert er
los, geht vor Weilern, Einödhöfen, Dörfern, Marktflecken, vor
sämtlichen Ortsdurchfahrten vom Gas, denn er weiß um die
Schärfe der Gesetze. Befindet er sich wieder auf freier Strecke,
o dieses Rauschgefühl!

Dieser Choral des Maßlosen, diese Endzeitstimmen vor ihm
auf dem schwarzgrauen, körnigen Band von Teer, Asphalt, Beton. Dieses Dröhnen in seinen Ohren! Gesang, Fluchen, Beten,
Psalmen, Heulen, Bersten, Explodieren.

Da naht die Rechtskurve. Die ungeheure Masse, auf der er
hockt wie der Gnom auf einem niedergebrochenen Stamm, bäumt
sich hoch. Er beugt sich in die Schräge. Sein rechtes Knie
schrammt fast das Rauhe, Graue unter den Rädern. Sein Mund
steht halb offen. Sein Blick stiert geradeaus. Dann die Linkskur-
ve! Ein Latte-Laster taucht im Rückspiegel auf. Von vorn blinkt
ein Mercedes 500 L.

Friedemann zieht an ihm vorbei. Der Latte-Koloß hinter ihm
wird kleiner und kleiner.

Friedemann denkt an Schorsch. Wie er ihn, Friedemann, abschlachten würde, wenn nicht die Harley sein Schicksal wäre.

Friedemann feixt, auf den Tacho schauend, der die Zweihun-
dertmarke anpeilt. Die späte Sonne schüttet ihren ganzen Vorrat
an Safrantönen bis vor ihn.

Udo Zobel betreibt noch die Kneipe am nördlichen Stadtrand. Er ist sehr dick geworden und sagt, daß sein Vater schuld an dem Leben sei, das er, Udo, führte.

Mutti Bräu und ihr Mann sind schon lange tot. Das Lokal hat jetzt ein Italiener gepachtet. Es gibt Spaghetti-Gerichte auf der Speisekarte, von Nr. 1 bis 75.

Wabo ist an einer klassischen Paralysis gestorben. Die Anamnese, wie die Ärzte sich freuten, eindeutig wie selten.

Sabina lebt als alte Frau in ihrer Wohnung in der stillen Einbahnstraße. An manchen Tagen zeigt sie Anzeichen von Verwirrtheit. Ganz normal für ihr Alter. Es bereitet ihr erhebliche Schwierigkeiten, das Grab Konradins aufzusuchen. Die Pflege hat sie der Friedhofsgärtnerei überlassen.

An Tagen mit stärkerem Föhneinfluß, auch wenn ein Gewitter im Anzug war, glaubte sie, Konradin warte auf sie. In der Wohnung, an einem anderen Platz, irgendwo, doch nahe von ihr.

»Ich muß nach Hause«, bedeutete sie freundlich bestimmt einer, die im Stock über ihr wohnte und mit der sie auf der Straße einen kleinen Schwatz gehabt hatte. »Mein Sohn wartet!«

Die andere stutzte und nickte verstehend.

»Ja, tatsächlich? Auf Wiedersehen!«

Sabina steuert der Wohnung zu, sperrt auf, horcht in den Korridor hinein.

»Hallo!« tönt sie. »Konradin! Kind!«

Eine Zeitlang verharrt sie am Fleck, stellt die Einkaufstasche ab, hängt dann den Schlüsselbund an den dafür bestimmten Haken neben der Garderobe und tut kleine, zögernde Schritte vorwärts. »Konradin!« wispert sie.

Als alles still bleibt, verfügt sie sich in die Küche, packt das Mitgebrachte aus, läßt sich auf einen Stuhl nieder und beginnt zu essen: kalten Braten, auf den sie Mayonnaise gibt, Salami, die sie in kleine, viereckige Würfel schneidet, Tomaten, Mozarella. Diese teilt sie in Scheiben und bestreut sie mit Salz, Pfeffer und einem weiteren Gewürz. Schweigend ißt sie, bricht von einem Weißbrot ab. Sie sieht auf die Uhr, steuert dem Kühlschrank zu, entnimmt ihm eine Flasche Bier, gießt sich ein und trinkt. Kauend und hinterwürgend verbringt sie eine geraume Weile noch am Küchentisch, die absolute Stille im Ohr. Schließlich erlahmen ihre Kaumuskeln, ihr Magen bläht sich unter der Bluse ungebührlich vor. Sie hält inne, ihre Arme auf die Tischplatte legend und darauf den Kopf bettend. Die Dämmerung strickt mit grauen Fingern ihr Netz um sie.

Klytämnestra liegt in einem prächtigen Grab auf dem Wiener Zentralfriedhof. Fredi sitzt nach dem Prozeß lebenslänglich in Wien-Stein. Niemand besucht ihn, doch wurde der Fall in der Presse ausführlich kommentiert und die Hintergründe analytisch aufbereitet. Man riet Fredi, ein Gnadengesuch einzureichen, das eine Entlassung nach angemessener Frist zur Folge haben könnte.

Er ist ein angenehmer Häftling, der sich nie über irgendwas beschwert. Er arbeitet in der Anstaltswäscherei, kontrolliert die rotierenden Maschinen und sortiert die nach dem Spülvorgang in den Trommeln befindliche Wäsche. Schmeckt ihm das Essen nicht, schiebt er den Teller schweigend zurück, ohne ein Wort darüber zu verlieren.

Nach etwa fünf Jahren Haft wurde Fredi in den Besucherraum geführt. Hinter dem Absperrgitter stand ein massiger Mann mit dem Teint eines Leberkranken. Dunkel olivhäutig. Er trug den langen, schwarzen Mantel offen; ein Schal hing um seinen Hals, der eine nachlässig gebundene, aber auffällig gemusterte Krawatte sehen ließ.

Keiner der beiden Männer grüßte. Fredi verschmähte den Stuhl, der für ihn bereitstand. Nach einem kurzen, fliehenden Blick auf den Besucher wandte er die Augen ab. An seiner Haltung konnte man unschwer erkennen, daß ihm dieser nicht das geringste Interesse abnötigte und er am liebsten wieder umgekehrt wäre. – In seiner Zelle lag ein aufgeschlagenes Buch, in dem er weiterlesen wollte.

Morsak, um diesen handelte es sich bei dem Gegenüber, wartete offensichtlich darauf, daß Fredi etwas sagen solle. Doch dieser blieb stumm. Er erinnerte sich stattdessen an die Verhandlung vor fünf Jahren, und daß Morsak damals als Zeuge im Prozeß kein gutes Haar an ihm, Fredi, gelassen hatte.

»Dieser Mensch, ein Psychopath reinsten Wassers, würde ich sagen, haßte mich von Anfang an. Dabei hätte er allen Grund gehabt, mir dankbar dafür zu sein, daß ich mich der Familie annahm und sie permanenter materieller Not enthob! Er konnte das sorgloseste Leben führen und mal meine Nachfolge als angesehener Schmuck-Grossist antreten.

Aber nein, er verbiß sich in seinen sinnlosen Haß gegen mich. Es gab Szenen, ja! Seine Mutter beschwor ihn mit erhobenen Händen, vernünftig zu sein, die Verhältnisse so zu sehen, wie sie waren; ihn, Morsak, zu akzeptieren. Alles vergebliches Bemühen!«

Fredi verharrte weiter stumm neben dem Stuhl mit gesenktem Kopf, als dächte er über irgendwas nach.

»Ich«, begann Morsak, sich rauh räuspernd, »ich dächte, du könntest wenigstens Guten Tag sagen!«

Fredi warf einen raschen Blick auf den Sprecher und senkte den Kopf wieder, ohne den Mund aufzutun.

»Entsetzlich!« kam es von Morsak. Er flüsterte es fast.

»Du bist gekommen, um dich an meinem Anblick zu delektieren!« brach Fredi sein Schweigen. »Einfach so, aus Neugierde, wie ich nach fünf Jahren Knast so aussehen würde! – Mir geht es gut, verkünde ich dir! Ich habe alles, was ich brauche! Auch Bücher! Freizeit, Fußball!«

»Entsetzlich!« wiederholte Morsak. Sein Gesicht färbte sich noch intensiver ein. Fredi war es gleichgültig. Er sah vor sich hin. Morsak sank auf die Sitzgelegenheit nieder und japste ein wenig nach Luft. Er wollte etwas sagen, schwieg aber.

Der Wächter im Hintergrund trug eine Miene zur Schau, als spielte sich rein gar nichts vor ihm ab. Er schien mit offenen Augen zu schlafen. Sein Schlüsselbund von gewaltigem Ausmaß klirrte leise, als er eine Bewegung machte.

Morsak saß etwa fünf Minuten da, die Brauen über den tiefeingesunkenen, von dicken Tränensäcken umkränzten Augen schmerzlich gefaltet, als quälte ihn ein Stachel. Dann stand er auf, verharrte einen Moment an der Stelle und wandte sich der Tür zu, hinter der er verschwand, wie er gekommen. Der Wärter winkte Fredi. Es stand der Rundgang im Hof bevor, doch es hatte zu regnen angefangen. Er würde in seine Zelle zurückkehren und eine Stunde lang in irgendeiner Primärliteratur schmökern. Abends würde er eine genau bemessene Zeit über im Fernsehraum verbringen dürfen. Das Programm nach einigen psychopädagogischen Vorstellungen ausgewählt.

Übrigens steht auf einem Bord in seiner Zelle ein Foto Klytämnestras in Farbe. Ihre roten Haare funkeln, die weißen Zähne spitzen unter den zyklamenroten Lippen hervor, sie hält ihn, Fredi, einen kleinen, glücklichen Knaben, auf dem Schoß.

Inhalt